我还是得不动声色地走下去，说这天气真好

史铁生 等——著

卞毓方——主编

江苏凤凰文艺出版社

图书在版编目（CIP）数据

我还是得不动声色地走下去，说这天气真好 / 史铁
生等著 ; 卞毓方主编. -- 南京 : 江苏凤凰文艺出版社，
2024. 11. -- ISBN 978-7-5594-8903-6

Ⅰ. I267

中国国家版本馆CIP数据核字第2024X02H00号

我还是得不动声色地走下去，说这天气真好

史铁生 等　著　卞毓方　主编

责任编辑	项雷达
图书监制	马利敏　孙文霞
特约编辑	李　辉　陈艳芳
封面设计	柒拾叁号
版式设计	胡玉冰
出版发行	江苏凤凰文艺出版社
	南京市中央路 165 号，邮编：210009
网　　址	http://www.jswenyi.com
印　　刷	唐山富达印务有限公司
开　　本	880 毫米 × 1230 毫米　1/32
印　　张	7.75
字　　数	140 千字
版　　次	2024 年 11 月第 1 版
印　　次	2024 年 11 月第 1 次印刷
书　　号	ISBN 978-7-5594-8903-6
定　　价	49.80 元

心中的火焰，

说出来都是灰烬。

目录

辑一

每次醒来，你都不在

辑二

那么恨，其实就是那么爱

辑三

那个送我回家的男孩

辑四

念着你的转身

辑一

每次醒来，你都不在

秋天的怀念

史铁生

双腿瘫痪后，我的脾气变得暴怒无常。望着望着天上北归的雁阵，我会突然把面前的玻璃砸碎；听着听着李谷一甜美的歌声，我会猛地把手边的东西摔向四周的墙壁。母亲就悄悄地躲出去，在我看不见的地方偷偷地听着我的动静。当一切恢复沉寂，她又悄悄地进来，眼边红红的，看着我。"听说北海的花儿都开了，我推着你去走走。"她总是这么说。母亲喜欢花，可自从我的腿瘫痪以后，她侍弄的那些花都死了。

"不，我不去！"我狠命地捶打这两条可恨的腿，喊着，"我可活什么劲儿！"

母亲扑过来抓住我的手，忍住哭声说："咱娘儿俩在一块儿，好好儿活，好好儿活……"

可我却一直都不知道，她的病已经到了那步田地。后来妹妹告诉我，她常常肝疼得整宿整宿翻来覆去地睡不了觉。

　　那天我又独自坐在屋里，看着窗外的树叶唰唰啦啦地飘落。母亲进来了，挡在窗前："北海的菊花开了，我推着你去看看吧。"她憔悴的脸上现出央求般的神色。

　　"什么时候？"

　　"你要是愿意，就明天？"她说。我的回答已经让她喜出望外了。

　　"好吧，就明天。"我说。

　　她高兴得一会儿坐下，一会儿站起："那就赶紧准备准备。"

　　"哎呀，烦不烦？几步路，有什么好准备的！"

　　她也笑了，坐在我身边，絮絮叨叨地说着："看完菊花，咱们就去'仿膳'，你小时候最爱吃那儿的豌豆黄儿。还记得那回我带你去北海吗？你偏说那杨树花是毛毛虫，跑着，一脚踩扁一个……"她忽然不说了。对于"跑"和"踩"一类的字眼，她比我还敏感。她又悄悄地出去了。

　　她出去了，就再也没回来。

　　邻居们把她抬上车时，她还在大口大口地吐着鲜血。我没想到她已经病成那样。看着三轮车远去，也绝没有想到那竟是诀别。

　　邻居的小伙子背着我去看她的时候，她正艰难地呼吸着，像她那一生艰难的生活。别人告诉我，她昏迷前的最后一句话是："我那个有病的儿子和我那个还未成年的女儿……"

又是秋天，妹妹推着我去北海看了菊花。黄色的花淡雅，白色的花高洁，紫红色的花热烈而深沉，泼泼洒洒，秋风中正开得烂漫。我懂得母亲没有说完的话。妹妹也懂。我俩在一块儿，要好好儿活……

▶ 史铁生（1951.1.4—2010.12.31），北京人，当代著名作家。出版有《我的遥远的清平湾》《命若琴弦》《我与地坛》《务虚笔记》《病隙碎笔》《记忆与印象》《我的丁一之旅》等。

先父

刘亮程

一

　　我比年少时更需要一个父亲，他住在我隔壁，夜里我听他打呼噜，费劲地喘气。看他弓腰推门进来，一脸皱纹，眼皮耷拉，张开剩下两颗牙齿的嘴，对我说一句话。我们在一张餐桌上吃饭，他坐上席，我在他旁边，看着他颤巍巍伸出一只青筋暴露的手，已经抓不住什么，又抖抖地勉力去抓住。听他咳嗽，大口喘气——这就是数年之后的我自己。一个父亲，把全部的老年展示给儿子。一如我把整个童年、青年带回到他眼前。

　　在一个家里，儿子守着父亲老去，就像父亲看着儿子长大成人。这个过程中儿子慢慢懂得老是怎么回事。父亲在前面蹚路。父亲离开后儿子会知道自己四十岁时该做什么，五十岁、六十岁时要考虑什么。到了七八十岁，该放下什么，去着手操劳什么。

可是，我没有这样一个老父亲。

我活得比你还老时，身心的一部分仍旧是一个孩子。我叫你爹，叫你父亲，你再不答应。我叫你爹的那部分永远地长不大了。

多少年后，我活到你死亡的年龄：三十七岁。我想，我能过去这一年，就比你都老了。作为一个女儿的父亲，我会活得更老。那时想起年纪轻轻就离去的你，就像怀想一个早夭的儿子。你给我童年，我自己走向青年、中年。

我的女儿只看见过你的坟墓。我清明带着她上坟，让她跪在你的墓前磕头，叫你爷爷。你这个没福气的人，没有活到她张口叫你爷爷的年龄。如果你能够，在那个几乎活不下去的年月，想到多少年后，会有一个孙女伏在耳边轻声叫你爷爷，亲你胡子拉碴的脸，或许你会为此活下去。但你没有。

二

留下五个儿女的父亲，在五条回家的路上。一到夜晚，村庄的五个方向有你的脚步声。狗都不认识你了。五个儿女分别出去开门，看见不同的月色星空。他们早已忘记模样的父亲，一脸漆黑，站在夜色中。

多年来儿女们记住的，是五个不同的父亲。或许根本没有一个父亲。所有对你的记忆都是空的。我们好像从来就没有过你。只是觉得跟别人一样应该有一个父亲，尽管是一个死去的父亲。每年清明我们上坟去看你，给你烧纸，烧烟和酒。边烧边在坟头吃喝说笑。喝剩下的酒埋在你的头顶。临走了再跪在墓碑前叫一声父亲。

我们真的有过一个父亲吗？

当我们谈起你时，几乎没有一点共同的记忆。我不知道六岁便失去你的弟弟记住的那个父亲是谁。当时还在母亲怀中哇哇大哭的妹妹记住的，又是怎样一个父亲。母亲记忆中的那个丈夫跟我们又有什么关系。你死的那年我八岁，大哥十一岁，最小的妹妹才八个月。我的记忆中没有一点你的影子。我对你的所有记忆是我构想的。我自己创造了一个父亲，通过母亲、认识你的那些人。也通过我自己。

如果生命是一滴水，那我一定流经了上游，经过我的所有祖先，爷爷奶奶、父亲母亲，就像我迷茫中经过的无数个黑夜。我浑然不觉的黑夜。我睁开眼睛。只是我不知道我来到世上那几年里，我看见了什么。我的童年被我丢掉了，包括那个我叫父亲的人。

我真的早已忘了，这个把我带到世上的人。我记不起他的样子，忘了他怎样在我记忆模糊的幼年，教我说话，逗我玩，让我骑在他的脖子上，在院子里走。我忘了他的个头，想不起家里仅存的一张照片上，那个面容清瘦的男人曾经跟我有过什么关系。他把我拉扯到八岁，他走了。可我八岁之前的记忆全是黑夜，我看不清他。

我需要一个父亲，在我成年之后，把我最初的那段人生讲给我。就像你需要一个儿子，当你死后，我还在世间传播你的种子。你把我的童年全带走了，连一点影子都没留下。

我只知道有过一个父亲。在我前头，隐约走过这样一个人。

我有一脚踩在他的脚印上，隔着厚厚的尘土。我有一声追上他的声。我吸的有一口气，是他呼出的。

你死后我所有的童年之梦全破灭了。只剩下生存。

三

我没见过爷爷，他在父亲很小时便去世了。我的奶奶活到七十八岁。那是我看见的唯一一个亲人的老年。父亲死后她又活了三年，或许是四年。她把全部的老年光景示意给了母亲。我们的奶奶，那个老年丧子的奶奶，我已经想不起她的模样，记忆中只有一个灰灰的老人，灰白头发，灰旧衣服，弓着背，小脚，拄拐，活在一群未成年的孙儿孙女中。她给我们做饭，洗碗。晚上睡在最里边的炕角。我仿佛记得她在深夜里的咳嗽和喘息，记得她摸索着下炕，开门出去。过一会儿，又进来，摸索着上炕。全是黑黑的感觉。有一个早晨，她再没有醒来，母亲做好早饭喊她，我们也大声喊她。她就睡在那个炕角，弓着身，背对我们，像一个熟睡的孩子。

母亲肯定知道奶奶的更多细节，她没有讲给我们。我也很少问过。仿佛我们对自己的童年更感兴趣。童年是我们自己的陌生人。我们并不想看清陪伴童年的那个老人。我们连自己都无法弄清。印象中奶奶只是一个遥远的亲人，一个称谓。她死的时候，我们的童年还没有结束。她什么都没有看见，除了自己独生儿子的死，她在那样的年月里，看不见我们前途的一丝光亮。我们的未来向她关闭了。她对我们的所有记忆是愁苦。她走的时候，一定从童年领走了我们，在遥远的天国，她抚养着永远长不大的一群孙儿孙女。

四

在我八岁，你离世的第二年，我看见十二岁时的光景：个头稍高一些，胳膊长到锨把粗，能抱动两块土块，背一大捆柴从野地回来，走更远的路去大队买东西——那是我大哥当时的岁数。我和他隔了四年，看见自己在慢慢朝一捆背不动的柴走近，我的身体正一碗饭、一碗水地，长到能背起一捆柴、一袋粮食。

然后我到了十六岁，外出上学。十九岁到沙湾安集海小镇工作。那时大哥已下地劳动，我有了跟他不一样的生活，我再不用回去种地。

可是，到了四十岁，我对年岁突然没有了感觉。路被尘土蒙蔽。我不知道四十岁以后的下一年我是多大。我的父亲没有把那时的人生活给我看。他藏起我的老年，让我时刻回到童年。在那里，他的儿女永远都记得他收工回来的那些黄昏，晚饭的香味飘在院子。我们记住的饭菜全是那时的味道。我一生都在找寻那个傍晚那顿饭的味道。已经忘了是什么饭，一家人围坐在桌旁，筷子摆齐，等父亲的脚步声踩进院子，等他带回一身尘土，在院门外拍打。

有这样一些日子，父亲就永远是父亲了，没有谁能替代他。我们做他的儿女，他再不回来我们还是他的儿女。一次次，我们回到有他的年月，回到他收工回来的那些傍晚，看见他一身尘土，头上落着草叶。他把铁锨立在墙根，一脸疲惫。母亲端来水让他洗脸，他坐在土墙的阴影里，一动不动，好像叹着气，我们全在一旁看着他。多少年后，他早不在人世，我们还在那里一动不动看着他。我们叫他父亲，声音传不过去。盛好饭，碗递不过去。

五

　　你死去后，我的一部分也在死去。你离开的那个早晨我也永远地离开了，留在世上的那个我究竟是谁。

　　父亲，只有你能认出你的儿子。他从小流落人世，不知家，不知冷暖饥饱。只有你记得我身上的胎记，记得我初来人世的模样和眼神，记得我第一眼看你时，紧张陌生的表情和勉强的一丝微笑。

　　我一直等你来认出我。我像一个父亲看儿子一样，一直看着我从八岁，长到四十岁。这应该是你做的事情。你闭上眼睛不管我了。我是否已经不像你的儿子。我自己拉扯大自己。这个四十岁的我到底是谁。除了你，是否还有一双父亲的眼睛在看见我。

　　我在世间待得太久了。谁拍打过我头上的土。谁会像擦拭尘埃一样，拭去我的年龄、皱纹，认出最初的模样。当我淹没在熙攘人群中，谁会在身后喊一声：哎，儿子。我回过头，看见我童年时的父亲，我满含热泪，一步步向他走去，从四十岁，走到八岁。我一直想把那个八岁的我从童年领出来。如果我能回去，我会像一个好父亲，拉着那个八岁孩子的手，一直走到现在。那样我会认识我，知道自己走过了怎样一条路。

　　现在，我站在四十岁的黄土梁上，望不见自己的老年，也看不清远去的童年。

　　我一直等你来认出我，告诉我辈分，一一指给我母亲兄弟。他们一样急切地等着我回去认出他们。当我叫出大哥时，那个太不像我的长兄一脸欢喜，他被辨认出来。当我喊出母亲时，我一下喊出我自己，一个四十岁的儿子，回到家里，最小的妹妹都三十岁了。我们有了一个后父。家里已经没你的位置。

　　你在世间只留下名字，我为怀念你的名字把整个人生留在世上。我的身体承受你留下的重负，从小到大，你不去背的一捆柴我去背回来，你不再干的活我一件件干完。他们说我是你儿子，可是你是谁，是我怎样的一个父亲。我跟你走掉的那部分一遍遍地喊着父亲。我留下的身体扛起你的铁锨。你没挖到头的一截水渠我得接着挖完，你垒剩的半堵墙我们还得垒下去。

六

　　如果你在身旁，我可能会活成另外一个人。你放弃了教养我的职责。没有你我不知道该听谁的。谁有资格教育我做人做事。我以谁为榜样一岁岁成长。我像一棵荒野中的树，听由了风、阳光、雨水和自己的性情。谁告诉过我哪个枝桠长歪了。谁曾经修剪过我。如果你在，我肯定不会是现在的样子。尽管我从小就反抗你，听母亲说，我自小就不听你的话，你说东，我朝西。你指南，我故意向北。但我最终仍长得跟你一模一样。没有什么能改变你的旨意。我是你儿子，你孕育我的那一刻我便再无法改变。但我一直都想改变，我想活得跟你不一样。我活得跟你不一样时，内心的图景也许早已跟你一模一样。

早年认识你的人，见了我都说：你跟你父亲那时候一模一样。

我终究跟你一样了。你不在我也没活成别人的儿子。

可是，你那时坚持的也许我早已放弃，你舍身而守的，我或许已不了了之。没有你我会相信谁呢。你在时我连你的话都不信。现在我想听你的，你却一句不说。我多想让你吩咐我干一件事，就像早年，你收工回来，叫我把你背来的一捆柴码在墙根。那时我那么的不情愿，码一半，剩下一半。你看见了，大声呵斥我。我再动一动，码上另一半，仍扔下一两根，让你看着不舒服。

可是现在，谁会安排我去干一件事呢。我终日闲闲。半生来我听过谁的半句话。我把谁放在眼里，心存佩服。

父亲，我现在多么想你在身边，喊我的名字，说一句话，让我去门外的小店买一盒火柴，让我快一点。我干不好时你瞪我一眼，甚至骂我一顿。

如今我多么想做你让我做的一件事情，哪怕让我倒杯水。

只要你吭一声，递个眼神，我会多么快乐地去做。

父亲，我如今多想听你说一些道理，哪怕是老掉牙的，我会毕恭毕敬倾听，频频点头。你不会给我更新的东西。我需要那些新东西吗？

父亲，我渴求的仅仅是你说过千遍的老话。我需要的仅仅是能够坐在你身旁，听你呼吸，看你抽烟的样子，吸一口，深咽下去，再缓缓吐出。我现在都想不起你是否抽烟，我想你时完全记不起你的样子。不知道你长着怎样一双眼睛，蓄着多长的头发和胡须，你的个子多高，坐着和走路是怎样的架势。还有你的声音，我听了八年，都没记住。我在生活中失去你，又在记忆中把你丢掉。

七

你短暂落脚的地方，无一不成为我长久的生活地。有一年，你偶然途经吃过一顿便饭的沙湾县城，我住了二十年。你和母亲进疆后度过第一个冬天的乌鲁木齐，我又生活了十年。没有谁知道你的名字，在这些地方，当我说出我是你的儿子，没有谁知道。四十年前，在这里拉过一冬天石头的你，像一粒尘土埋在尘土中。

只有在故乡金塔，你的名字还牢牢被人记住。我的堂叔及亲戚们，一提到你至今满口惋惜。他们说你可惜了。一家人打柴放牛供你上学。年纪轻轻做到县中学校长，团委副书记。

要是不去新疆，不早早死掉，也该做到县长了。

他们谈到你的活泼性格，能弹会唱，一手好毛笔字。在一个叔叔家，我看到你早年写在两片白布上的家谱，端正有力的小楷。墨迹浓黑，仿佛你刚刚写好离去。

他们听说我是你儿子时，那种眼神，似乎在看多少年前的你。在那里我是你儿子。在我生活的地方你是我父亲。他们因为我而知道你，但你不在人世。我指给别人的是我的后父，他拉扯我们长大成人。他是多么的陌生，永远像一个外人。平常我们一起干活，吃饭，张口闭口叫他父亲。每当清明，我们便会想起另一个父亲，我们准备烧纸、祭食去上坟，他一个人留在家，无所事事。不知道他死后，我们会不会一样惦念他。他的祖坟在另一个村子，相距几十公里，我们不可能把他跟先父埋在一起，他有自己的坟地。到那时，我们会有两处坟地要扫，两个父亲要念记。

八

埋你的时候，我的一个远亲姨父掌事。他给你选了玛纳斯河边的一块高台地，把你埋在龙头，前面留出奶奶的位置。他对我们说，后面这块空地是留给你们的。我那时多小，一点不知道死亡的事，不知道自己以后也会死，这块地留给我们干什么。

我的姨父料理丧事时，让我们、让他的儿子们站在一旁，将来他死了，我们会知道怎样埋他。这是做儿子的必须学会的一件事，就像父母懂得怎样生养你，你要学会怎样为父母送终。在儿子成年后，父母的后事便成了时时要面对的一件事，父母在准备，儿女们也在准备，用很多年、很多个早晨和黄昏，相互厮守，等待一个迟早会来到的时辰，它来了，我们会痛苦，伤心流泪，等待的日子全是幸福。

父亲，你没有让我真正当一次儿子，为你穿寿衣，修容，清洗身体，然后，像抱一个婴儿一样，把你放进被褥一新的寿房。我那时八岁，看见他们把你装进棺材。我甚至不知道死亡是怎么回事。在我的记忆中埋你的墓坑是一个长方的地洞，他们把你放进去，棺材头上摆一碗米饭，插上筷子，我们趴在坑边，跟着母亲大声哭喊，看人们一锨锨把土填进去。我一直认为你从另一个出口走了。他们堵死这边，让你走得更远。多少年来我一直想你会回来，有一天突然推开家门，看见你稍稍长大几岁的儿女，衣衫破旧，看见你清瘦憔悴的妻子，拉扯五个儿女艰难度日。看见只剩下一张遗像的老母亲。你走的时候，会想到我们将活成怎样。我成年以后，还常常想着，有一天我会在一条异乡的路上遇见你，那时你已认不出我，但我一定会认出你，领你回家。一个丢掉又找回来的老父亲，我们需要他的时候他离去了。等我长大，过上富裕日子，他从远方流浪回来，老得走不动路。他给我一个赡养父亲的机会。也给我一个料理死亡的机会。这是父亲应该给儿子的，你没有给我。你早早把死亡给了别人。

九

　　我将在黑暗中孤独地走下去，没有你引路。四十岁以后的寂寞人生，衰老已经开始，我不知道自己在年老腰疼时，怎样在深夜独自忍受，又在白天若无其事，一样干活说话。在老得没牙时，喝不喜欢的稀粥，把一块肉含在口中，慢慢地嚼。我的身体迟早会老到这一天。到那时，我会怎样面对自己的衰老。父亲，你是我的骨肉亲人，你的每一丝疼痛我都能感知。衰老是一个缓慢到来的过程，也许我会像接受自己长个子、生胡须一样，接受脱发、骨质增生，以及衰老带来的各种病痛。

　　但是，你忍受过的病痛我一定能坦然忍受。我小时候，有大哥，有母亲和奶奶，引领我长大。也有我单独寂寞的成长。我更需要你教会我怎样衰老和死亡。

　　如果你在身旁，我会早早知道，自己的腿在多大年龄变老，走不动路。眼睛在哪一年秋天花去。这一年到来时，我会有时间给自己准备老花镜和拐杖。我会在眼睛彻底失明前，记住回家的路，和那些常用物件的位置。我会知道你在多大年龄开始为自己准备后事，吩咐你的大儿子，准备一口好棺材，白松木的，两条木凳支起，放在草棚下。着手还外欠的债。把你一生交往的好朋友介绍给儿子，你死后无论我走到哪儿，遇到什么难事，认识你的人会说，这是你的后人。他们中的某个人，会伸手帮我一把。

可是，没有一个叫父亲的人，白发飘飘，把我向老年引。我不知道老是什么样子。我的腿不把酸痛告诉我。我的腰不把弯曲告诉我。我的皮肤不把皱纹告诉我。我老了我不知道。就像我年少时，不知道自己是一个孩子。我去沙漠砍柴，打土块，背猪草，干大人的活。没人告诉我是个孩子。父亲离开的那一年我们全长大了，从最小的妹妹，到我。你剩给我们的全是大人的日子。我的童年不见了。

直到有一天，我背一大捆柴回家，累了在一户人家墙根歇息，那家的女人问我多大了，我说十三岁。她说，你还是个孩子，就干这么重的活。我羞愧地低下头，看见自己细细的腿和胳膊，露着肋骨的前胸和独自长大的一双脚。你都死去多少年了，我以为自己早长大了，可还小小的，个子不高，没有多少劲。背不动半麻袋粮食。

如果寿命跟遗传有关，在你死亡的年龄，我会做好该做的事。如果我活过了你的寿数，我就再无遗憾。我的儿女们，会有一个长寿的父亲。他们会比我活得更长久。有一个老父亲在前面引领，他们会活得自在从容。

现在，我在你没活过的年龄，给你说出这些。我说的时候，我能感觉到你在听。我也在听，父亲。

▶　刘亮程，1962年生，新疆沙湾人，现任中国作协散文委员会副主任、新疆作协主席。著有《一个人的村庄》《在新疆》《捎话》《虚土》《凿空》《本巴》《把地上的事往天上聊》等，多篇文章收入中学语文教材。获茅盾文学奖、鲁迅文学奖、花城文学奖、冯牧文学奖、丰子恺散文奖等。

扁担那头的父亲

卞毓方

　　人说"有其父，必有其子"，那么，父亲身高一米八，我应该长到一米八五，甚至一米九，才对得起达尔文的进化论。遗憾啊遗憾，我最终仅蹿到一米七三，其余二兄一弟，还不如我，两个姐姐，更甭提了。

　　我为什么不能青出于蓝，后来居上？家人一致认为，首先是先天不足。母亲大人生得过于玲珑，也就一米五出头，正应了俗谚"爹矬矬一个，娘矬矬一窝"，我的一米七三已属侥天之幸，比上不足，比下有余。其次是后天营养匮乏，正在高速成长的当口，碰上了三年困难时期，饥肠辘辘，果腹成了头等难题，还长什么长。

　　父亲有顶礼帽，深灰色的，冠高而圆，顶部呈三角形凹陷，底部系以黑色缎带，帽檐宽大而略微翘起。听母亲讲是早先闯荡上海时置的，上海人讲究"行头"，出客必须穿戴入时。我懂事后，偶见父亲戴过一次，是去兴化出席二哥婚礼时。其余日子，礼帽一直放在纸盒里，纸盒搁在竹棚上。说不清从哪一天起，我萌生了一个大胆的宏愿：将来，这顶礼帽归我。

将来是什么时候？喏，就是等我长得和父亲一样高时。小学期间，我曾无数次偷着试戴，那礼帽拿在手里，温如玉，软如绒，阔绰而又帅气。"马中赤兔，人中吕布"——吕布若生在今天，恐怕也要弃了紫金冠，改戴大礼帽吧，如此才前卫、拉风。唉唉，可惜帽冠太大，我的脑瓜又太小，往头上一套，帽檐一直滑溜到眼睛，禁不住想起成语"沐猴而冠"。没关系，我还小，有的是长高长壮的机会。

到了高三，悲哉，我的身高早已在不知不觉中定格，再次试戴，仍然嫌大。散场敲锣——没戏了。从此只能仰望父亲高大的背影兴叹，那顶礼帽或许在竹棚上窃笑，是的，它属于魁梧，属于伟岸。

小时候，没人说我长得像父亲。除了身高不及，脸型也不像，父亲的脸明显偏长，我的近似于圆；五官也不像，父亲的线条是儒家的，外柔而内刚，我的线条却是刚的，更准确地说，是粗糙的；脾性也不像，父亲诙谐、幽默，我则木讷、无趣。

夏日晚间，一帮小孩捉迷藏，玩得兴起，夜深了也不归宿。这时，各家大人就会出来找。找着了，还赖着，不肯回，大人出手就打："让你疯！让你疯！"父亲也会出来找我，他号准我的脉，料定我会往哪儿躲，一下子就找个正着。见了面，老远扬起右手，作狠抽狠揍状。我晓得，那是唱戏的胡子——假生气，父亲的巴掌不会落下，吓唬而已。父亲从来没有打过我，也没有打过弟弟。

父亲在家里，从来不发脾气；对外人，更是笑颜相对。四弟元气足，疯劲大，拳头硬，诨名"四乱子"，与小朋友玩耍，常常话不投机就"看家伙"。那些吃了眼前亏的孩子哭哭啼啼回家找大人诉苦，有的家长就找上门来，向我父亲告状。父亲总是千赔礼，万道歉，答应等"四乱子"回来，好生收拾收拾。四弟察知有人告状，蹑手蹑脚踅回，躲在屋角，等着挨训。然而父亲视若无睹，仿佛啥事也没有发生。

是出尔反尔、自食其言吗？非也。父亲对邻里关系是看得很重的，"行要好伴，住要好邻""恼个邻居瞎只眼"是他的口头禅。事后见了那曾被四弟欺负的小朋友，他总会摸摸头，拍拍肩，好言抚慰。父亲对四弟的"劣行"睁一只眼，闭一只眼，并非放任自流，而是"知子莫若父"，他晓得四弟只是顽童意气，争强好胜，骨子里还是个仁义的孩子，知羞耻，识好歹——父亲有句挂在嘴边的话："牛大自耕田。"因此，对一时过错无须责打，重在以身作则，言传身教。果然，四弟上学后，各方面表现皆优。

为人处世，父亲常讲，宰相肚里能撑船，小肚鸡肠成不了大事。他跟我讲过两个故事，特别强调，是祖上传下来的。

其一，"秦穆饮盗马"。秦穆公丢了几匹马，派负责养马的官员去找。官员回报："马儿已经被三百多个农夫杀了分吃，我把这帮不知好歹的家伙统统抓了来，国君您看如何处治！"秦穆公说："别，别，哪儿能因为几匹马，就把这么多百姓都抓起来呢？我听说马肉不是寻常食物，吃它时必须喝点儿酒，否则会伤肠胃。赶紧给每人都喝点儿酒吧，然后放他们回家。"三年后，秦国与晋国爆发战争。秦穆公被围，身负重伤。节骨眼上，那三百个农夫赶了来，舍命将秦穆公救出。

其二，"楚客报绝缨"。楚庄王打了胜仗，大宴群臣。由昼达夜，点烛狂欢，并令爱妃许姬给众人敬酒。许姬来到某一桌时，恰值风吹烛灭，黑暗中有人趁机拽了一下她的衣袖。许姬不是好惹的，她把对方的帽缨扯断，以此作为罪证，请求庄王查处。庄王焉能和妃子一般见识，他当机立断，提高嗓音，宣布："诸位都把帽缨摘下来，以尽今日之狂欢！"蜡烛重新点燃，因为大家都摘了帽缨，那个趁暗非礼的家伙得以逃过一劫。七年后，楚庄王率军攻打郑国，不料被郑国的伏兵包围，陷入绝境。千钧一发之际，楚军副将唐狡单枪匹马冲入重围，救出了庄王。事后，庄王重赏唐狡，唐狡辞谢，说："那年，在宴席上对许姬非礼的，正是微臣，蒙主公不杀之恩，是以今日舍身相报。"庄王听罢感慨万千。

这两个故事，令我想到祖父的待人接物，原来这是"家学"。

竹棚上，在礼帽盒的旁边，还搁着一根扁担。这也是文物级的古董，串联着父亲前半生的许多故事。父亲说，这扁担是曾祖父留下的，祖父用过，他去上海打工，在码头上装货卸货，用的也是它。船与码头之间，搭着一尺宽的跳板，挑着担子走在上面，没经验的，腿会发抖，一不小心，就会栽下河。经验从哪里来？练呀。巷子里放几条长板凳，连在一起，权当跳板，徒手走，挑着担子走，闭了眼睛走，练腿劲，练胆量。胆量非常重要，搁在地上的跳板，谁都不怕；抬高三尺，有人发慌；抬高一丈，多数人头晕。杂技演员能在空中走钢丝，这都是练出来的。

1964年，我去北京念大学，上学时因直言贾祸，陷入困境。我惶惑，写信给父亲，说不想念书了，干脆回家种田。父亲回信："人都有七灾八难，捆起来经住打，牙打碎了往肚子里咽，挺一挺就过去了。大丈夫要能伸能屈，一根扁担能睡三个人，天无绝人之路。"

"一根扁担能睡三个人"，这句话给了我力量。我后来遇到过更大的苦境、逆境，也都是凭了这种信念，咬牙度过。

晚岁揽镜，发现我和父亲竟然有几分相像，而且是愈老愈挂相。当初为什么觉得不像呢？这是因为，那时我面对的是父亲的不惑之年或天命之秋，以我之稚嫩，去比照岁月的沧桑，当然是合不上辙的。如今我已迈入耄耋，五官逐渐向父亲趋同，总归是基因相承，血浓于水，繁华落尽，露了本色。

　　偶尔玄想，岁月是一根长长的扁担，父亲在那头，我在这头。

▶　卞毓方，1944 年生于江苏，毕业于北京大学东语系日语专业和中国社会科学院研究生院国际新闻专业。著名作家，聊城大学季美林学院名誉院长。长期从事新闻工作。著有《岁月游虹》《长歌当啸》《煌煌上庠》《历史是明天的心跳》《千山独行》《寻找大师》等。

每次醒来，你都不在

李修文

　　去年三月的一天早上，我喝酒通宵归来，在小区的入口处，突然看见旁边的围墙上写了好多花花绿绿的字，事实上它们早已存在，但我从未留心。酩酊之中，我赫然看见一句话，只有八个字：每次醒来，你都不在。

　　一时间，这八个字打动了我，让我想起前年冬天，我游荡甘肃青海，在酒泉更往西的茫茫戈壁滩上看见过一句话，这句话不知是什么人花了多长时间，顶着可以把人吹翻的西风，用堪称微小的戈壁石码起来的，每个字站起来都有一人高。这句话是：赵小丽，我爱你。

　　此后长达一个月的时间里，我只要后半夜回家，都坐在那堵围墙对面抽一会儿烟，果然让我等到了他。

　　但我还是大吃一惊：来者不是别人，是给我装过宽带的电信局临时工老路，我和他已经一年不见。听说他不在电信局干了，不料他就在离我千步之内的地方当油漆工，工作之余，在后半夜的工地围墙上专事创作。

到今天，又过去一年多了，老路早就不做油漆工了。昨天，他正式离开了武汉，实际上，他是土生土长的武汉人，以他的年纪再出外谋生，结果可想而知。原本，他是来找我陪他去归元寺求签，于是就陪他去了，老路求了一个上上签。直到回来的路上，老路依旧沉浸在激动之中，车过黄鹤楼，他告诉我，这是他这辈子第一次求到上上签。

老路，1960 年生人，出身军人家庭。初中毕业后参军，不到一年便去参加对越自卫反击战，从战场归来，当工人，结婚，生孩子，下岗，离婚，前妻远走高飞，临走之前卖了房子，没办法，他只好又回到父母屋檐下，靠打零工过活。"一个活到四十多岁还没有自己的房子的男人，是可耻的"，有一次，他对我这么说。

自打在工地的围墙边上重逢，在他频繁地找工作之间，他有时候会来找我借书，我从未看见一个四十五岁的男人像老路那样手慌脚乱。当他坐下，身体便开始焦灼地扭动，似乎随时都在准备起身走人；他的眼神忧惧，总是心神不宁地往四处看；当他跟我进书房找书，一路上他不是碰翻桌子上的茶杯，就是裤兜里的钥匙三番五次掉落在地。

一个无论坐在什么地方都被拒绝的人，叫他怎么可能不慌张？我每次遇见他，他似乎都是在找工作，油漆工的活做完之后，他当过洗碗工，推销过一种古怪的治疗仪器，去乡下卖过菜籽，最后，又回城里卖电话卡。在最艰难的时候，他还想过和我一样写小说。

我和老路重逢的围墙早已烟消云散，他的毛病却依然没有消退。在离开武汉之前，他随手带着一支圆珠笔，无论走到哪里，他都要下意识地在能写字的地方写写画画，我大约能够理解他：如果写写画画能好受些，那就多写写多画画吧。

只要稍加辨认，就能看清楚老路写的都是古诗词，譬如"十年生死两茫茫"，譬如"问姓惊初见，称名忆旧容"，全是杀人的句子，这倒也不奇怪，老路本来读过很多书。我感兴趣的是，我当初看到的那八个字——"每次醒来，你都不在"——为什么再也没见他写过了。

那一次，在东亭二路的小酒馆里，我跟他开玩笑，说他没准真能写小说，普普通通的八个字，被他写来竟然如此煽情，不知道是想起了哪个女人。

老路不说话，他开始沉默，酒过三巡，他号啕大哭，说那八个字是写给他儿子的，彼时彼刻，谁能听明白一个中年男人的哭声？让我套用里尔克的话：如果他叫喊，谁能从天使的序

列中听见他？那时候，天上如天使，地上如我，全都不知道，
老路的儿子，被前妻带到成都，出了车祸，死了。

▶ 李修文，1975 年生，湖北钟祥人。现任湖北省作家协会主席、武
汉市文联主席。著有长篇小说《滴泪痣》《捆绑上天堂》《猛虎
下山》，小说集《浮草传》《闲花落》，散文集《山河袈裟》《致
江东父老》《诗来见我》等。曾获鲁迅文学奖、华语文学传媒大奖、
《小说选刊》年度作品大奖等多种文学奖项。

你什么时候原谅你的父亲

盛可以

一

亲爱的 V，恐怕你是这世界上我唯一可以谈心的人——这是我搜寻多年得出的结论，我从未如现在这般想跟你说话，像二十年前我们在海滨长谈，仿佛海鸥与大海一直聊到黑夜捞走夕阳的余温——彼时青春碧绿，我记得你问了一句："你什么时候原谅你的父亲？"

这些年，我像吉卜赛人一样生活，一个地方住熟了，就会惶恐，于是不断逃离，扔掉的总多于随身携带的。而你几十年不挪窝，像楼下的老榕树一样扎根，从容安定，讨厌变化。其实和你在老榕树边过日子应该也不算坏，但那时我只想要飘荡，像一朵云，这儿看看，那儿待待，青春里深裹着对父亲的怨恨。

此刻我在 Yaddo，将在这里完成一个写作项目。这是一个金融家遗留下来的庄园，一百年前开始向艺术家敞开大门。这块土地的杰出程度超过了全世界任何一块土地，一百多个艺术家分别获得普利策奖、国家图书奖、诺贝尔文学奖……名单很长——这些话其实也是我想跟父亲说的，他应该会高兴听到这些吧。

我对你说过，如果说年少时有什么梦想，那就是梦想父亲死掉，不用再看到母亲被暴打，自己不必待在角落里瑟瑟发抖。我后来甚至写信几乎是挥着拳头警告父亲务必善待母亲，仿佛在为母亲复仇。我没想过父亲收到子女的威胁是什么心情——他那时头发已经白了。

亲爱的 V，我还没告诉你，父亲已经去世三年了。我向你描述过的那个专制暴君，临终前耗尽最后一丝薄力，抬起手臂搭上我的脖子，而他最爱的女儿，并没有俯身拥抱他，脑袋反而从他的臂弯下钻出来。

手臂落下去，呼吸同时停止。

说到这个情景，我止不住眼泪奔涌，如父亡时一样。

在一片哭声中，我让父亲听到了我的沉默。

我还没写过一个关于父亲的文字——我试过像别的作家那样，著文纪念，催人泪下，但总以失败告终。我思绪纷乱，每一个词都失去了它应有的涵义与准确，语言像灰烬被风吹散，不再服从我的组织。

最大的痛苦无法言说，最深的愧疚难以描述。但就是在这舞蹈的火光中，让我又觉心如刀割，再也难以独自咀嚼。亲爱的 V，此刻我比过去任何时候都需要你，如果说过去我告诉你我有多么仇恨父亲，现在我就要告诉你我有多么想念父亲——他原本是有机会多活些年头的，而我们——主要是我，并没有为父亲争取活着的机会。

二

亲爱的 V，如果我告诉你，我多少次在深夜为失去父亲哀号，你会相信吗？当我在鞋柜前为母亲挑选鞋子，习惯性地捎带看适合父亲的款式，猛然意识到自己是没有父亲的人了，再也没有父亲穿我买的鞋子了。我拿着新鞋的双手僵在那里，心里的空缺变成悲伤的漩涡卷我至深渊。我憋着不让自己哭出来，却在镜子里看见那个手拿鞋子的女人眉毛都拧红了——你会相信我在心里喊出了我从未喊过的"爸爸"吗？

眼看着死亡的淡青色慢慢浸涵父亲的面部，称呼如鱼骨卡在喉咙里。我紧攥着父亲的手，这是从未有过的；另一只手放在父亲的额头上，这也是破天荒的。父亲活着时，我和他从未有过任何碰触，没有父女间的拥抱，连童年也没有亲密的记忆。

难道死亡是某种神奇的黏合剂？堵在我与父亲之间的壁垒

自动坍塌，被划开的水面自动融合。

　　当我走在路上遇到与父亲相仿的老人，止不住幻想父亲还活着，即便老得背都弯了，就那样弯弯地活着也很好啊！就算他坐在轮椅上，就这样让我推着他活下去，那也是天大的喜悦啊！亲爱的 V，我相信你知道我是如何被自己蒙蔽的，你理解只有父亲的死亡才能照出那个真实的女儿，死亡就像一面镜子，一个人一生被这么映照一次，就会脱胎换骨。

三

　　Yaddo 下雪的冬天，和老家过于相似，好像这样的冬天父亲仍在。我怕见这熊熊炉火，带木香的轻烟，噼啪的炸裂，明灭的火鳞……我记忆中的每一截木头都与父亲有关，每一丝冬天的温暖都由父亲打造。亲爱的 V，过去我尽拣父亲的不称职处并对其大肆渲染，丝毫不提及父亲的付出，这极失公允。我甚至还附和过一种观点，"一个人婚姻情感的不顺归结于原生家庭的不幸福"，并粗暴地给父亲"罪加一等"——顺便说一句，我现在极为反感这种论调，这缺乏对父辈必要的理解，罪咎于父辈，无非是给失败者提供一块心灵的海绵垫。

　　我对你说过父亲重男轻女思想严重，拒绝供我读书，其实这也有失公允，客观说责任在我自己。当我听课时无意识地用笔头敲击桌面，被那个戴瓜皮假发嘴巴如刀痕的女老师拎到讲台边惩罚羞辱，我愤而弃学，想返校时没得到支持，贫穷是主要原因。我不过是将自己的失败与仇恨合理化而罪责于父亲。父亲一个人拿工资养活七口人，我们自动屏蔽了这个事实。

我没跟你讲过，有一年返乡一大桌人吃饭，父亲高兴，酒喝过量，那是我第一次见他流泪，他说他后悔当年没送我多读几年书，他认为我没上大学都这么有出息，上了大学就更不得了。且不说父亲的逻辑是否合理，这证明父亲心里多年来压着这件事。

亲爱的 V，你知道没书读曾是我多年的痛苦，一路上饱受歧视，有人问到总要遮遮掩掩，自卑自动转化为对父亲的怨恨。但你知道我刻苦求学并不仅仅因为这些。我读书是因为我热爱知识。你是唯一可以让我坦诚自在的人，你鼓励我赞赏我，我那时刚开始发表一些豆腐块——这事应该另起一篇，现在我只想跟你说父亲，说我在巴黎接到家人的信息时，那种深恐不能见着父亲最后一面的惊惶。

四

父亲在他生命的最后五年，经常去医院小住，很少麻烦子女。我们一直认为他是摆享受公费医疗的谱。他这辈子仗着拿工资养活一家人而专制独断，但对医生唯唯诺诺，药拿回来谁也不能动，每天吃很多种，空盒子存起来，死后积了一麻袋。他脾性冷硬得让人嫌，听不得任何反对意见，虽不再动手打人，但母亲还是怕他，不敢吱声。当然这些都是我听来的，有些事情仿佛因为距离太远传到我耳边时已经扭曲变形，我也以为那不过是一个老干部撒威风，跟着嘲笑他。而父亲独来独往，看病吃药，更勤奋地侍弄菜地，蔬菜一季季蓬勃旺盛，他的心脏却在我们的轻蔑讥讽中渐渐衰竭。

我们——多么不可饶恕的冷漠啊！

亲爱的V，我现在像写小说一样描述一个老人正不被察觉地走向死亡，他像忍受病痛一样隐瞒他将死的预感。事实上，他曾有所流露，只不过这种警示如蜻蜓点水没有落在儿女心头。父亲去世前两年我回乡下，他带我在后园里转，大片花草是母亲的地盘，瓜菜塘荷属父亲的成果，没有谁的菜地像父亲的那样整齐肥沃。他指着那些新栽的灌木丛对我说："你哥哥太老实了，我现在画出地界线来，免得他以后受别人欺负。"我当时脑海里有过父亲在处理身后事的闪念，但并未往心里去——不妨这么说，我认为我不会难过于父亲的死亡，我在经济和物质上对父亲从不吝啬，但我从没认为我对父亲有多深的感情。

父亲的小腿被牛皮癣折磨，痒起来用刀刮得鲜血直流，我一直给他买昂贵的进口膏药缓解病情，也许我有为他的痛苦难过，但我从没让这种难过停留。我好像并不介意看到生活附加给父亲的惩罚。亲爱的 V 啊，你现在知道我有多么残忍了吧，父亲将冷硬的光环遗传给了我，他要为天然的血液承担一部分责任——当然我现在不这么想了，我要跟你表达的，全都是我的罪咎之情。

　　在纽约大学演讲那天接到父亲住院的消息，我仍然以为那是一个老干部摆享受公费医疗的谱。我接着到巴黎准备另一场演讲。不知道你相不相信感应，到巴黎后我心绪不宁，我好像听到了父亲的召唤。晚上九点，家人发来图片，父亲穿病服垂死的样子——不过半年未见，我向你描述过的那块孤傲固执冷漠无情的石头，像一团枯草萎缩，看起来将随时撒手人寰。

　　我连夜更换机票收拾行李穿过凌晨三点的巴黎城赶早上六点半的航班，路上曲折到了机场，跑来跑去居然看不到一个工作人员可以询问。你不知道我多么着急，蓬头垢面一身汗，担心错过航班不能握一握父亲还活着的双手，看不到他灵活转动的眼睛进出鲜活欣喜的光芒。各种懊悔在我心内翻动。

　　我赶到医院时父亲鼻孔里插着塑料管，已经不会吞咽，但还认得我，谢天谢地。

五

生物钟和林中的鸟一样，我的苏醒是第一声鸟叫。光线刚刚够眼睛辨识事物的轮廓，那只老鹿便带着一只小鹿出现在周围。我听得见它们跑动，踩响枯枝，必须躲在帘子后观察，因为一旦发现你，它们就会迅速跑开。

你说，那会是一个父亲和它的女儿吗？

我们各自待在房间里写作，早午餐自己弄，晚餐总是很正式，有专业厨师伺候。饭后意犹未尽总要端着残酒下桌烧旺壁炉——森林中的木头可是应有尽有啊。而我依恋这燃烧的炉火并不仅仅是享受暖融融的高谈阔论，我在青烟与木头的香味中想念父亲，不用费劲，过去的记忆轻易地闪现，有时泪眼模糊，所有人的眼睛都因火光投射出异常的亮点，我的悲伤就这样混迹在这些愉快美好熊熊燃烧的夜晚。

三年。生死两隔。万里之外。我没带父亲到过北京——他曾说他想去北京看看——我没带父亲到过任何地方，我根本没当回事，就像我没把父亲的牙齿当回事。他老掉了一些牙齿，牙龈发炎，牙疼得吃不了饭——他说他想全部敲掉装假牙，我知道他指望我的经济支持。我的确考虑过，但考虑考虑就考虑忘了，因为我在遥远的地方见不到他吃饭时痛苦的样子，见不到他疼得辗转难熬的夜晚——在这些无理的借口后面，你一定再次发现了我的冷漠，任凭老父亲不得不放弃很多美食，得不到足够的营养补充——要知道在最艰难的过去，父亲也从没让我们挨饿啊！

愧疚锥心。但我从没向家人说起。

父亲走后的第一个春节，按习俗隆重祭拜完死者，我们烧柴烤火。树蔸子还没燃透，青烟格外浓烈。树皮冒着水泡与蒸汽，散发树木的芳香。每个人盯着树蔸子，等待它烧起来，以至于忘了说话。

我的父亲曾经坐在竹椅上，皮肤像树蔸一样暗褐，纹路纵横，两只手抱着膝盖，听晚辈们说说笑笑，身上火光摇曳。树蔸子烧到最旺的时候，父亲的身影矮了下去，我发现原先在父亲屁股底下显得促狭的竹椅，已是宽豁有余。后来这竹椅一直空着，摆在火盆边，谁也没去坐。竹椅被父亲的身体打磨出玛瑙的色泽，浸润在火光中。

烤火间的一面墙上挂着蓑衣斗笠、草帽谷筛；另一面墙边码着父亲劈好的干柴，粗细分类，树蔸子独放一角；锄头耙子锹子镐堆在旮旯里。我们聚在烤火间，烧柴取暖，将陈年旧事和瓜子壳吐在火中。每张脸都红通通的。

我们家的烤火间是村里有名的。熏得乌黑的墙壁证明了烧柴的历史。秋季劈柴是父亲一年中的头等大事，制造一个暖和的冬天，以及火光熊熊的大年夜，保障一大家人不受寒冷侵袭。

每年父亲劈柴的样子并无不同：阳光中，地坪里，泡茶、磨斧，脱下外套，卷起衣袖，朝手心吐口唾沫，只听见"叭""哐当"——木头一分为二的声音。阳光震颤。我的童年浸染着木头的芳香。我嗅得出香樟、苦楝、梧桐、桑葚、柑橘等树木的不同气味。

　　模糊的人影在墙上颤动。火灰中烤得焦黄的糍粑，像癞蛤蟆一样鼓起来，火钳在糍粑爆开之前夹走了它，两只手将其拍来捣去，很快被嘴巴分食。我记得有一回，我们的注意力被糍粑吸引，父亲默默离开了烤火间。他起身时略有摇晃，手撑住椅背，那只手干枯龟裂，每一道深纹都是暗黑的。他跨门槛时扶住门框，脚尖磕到门槛，几乎摔倒。我们看见他稳住身体，没有人叫他小心，没人去扶他，等他消失在视线里，还低声议论父亲，说他像个大势已去的暴君，一个不能再发号施令的光杆司令，他能教训的，只剩下园里的鸡、圈里的猪，以及看见他就放平耳朵的狗了。

六

　　亲爱的V，我一直在想，为什么有的事情非得通过死亡才能解决。死亡像一把深锸，一下就挖出了压在岩石下的脆弱。死的岩浆流过父亲的皮肤，慢慢灼为焦土，但他眉目舒展，看上去在隐隐微笑。当强悍冷硬的父亲放弃与生活的抗争，变得如此慈眉善目——那样子正是我无数次幻想过的那种温和善良的父亲啊，难道只有死亡才能揭去一个人脸上的面具，灵魂才会因此水落石出，我们的眼睛才能透过死亡看清事物？那到底又是什么篡改了真实的父亲。

那一天我们烤着父亲挖出来的树蔸子，用语言围剿八十岁的父亲，翻出陈年老账。父亲没吃晚饭，待在房间里。母亲告知他在哭。谁也没去安慰他。我们紧攥着父亲对我们的亏欠不松手，有意要父亲反省。谁也不知道那次笑声飞扬的声讨对父亲造成了多大的伤害。

亲爱的 V，我愧于讲起这些，然而要搬开这压在胸口的巨石，正是我给你写信的目的，不因羞愧而逃避，不因扎心而放过自己，说出我们这些做子女的极不人道的一面。父亲挖出来的树蔸子炸出一把火星，燃过的部分像龙身，每一片龙鳞都是火红的。母亲一边用火钳戳下这些火鳞埋进灰罐中，存到夜里为房间加温。父亲的第一个曾孙正坐在他母亲的膝上玩火，点燃了手里的小树枝，划来划去咿呀说话。我记得父亲当时低声辩驳过，他说起他六岁便死了母亲，而他的父亲是个常年不着家的赌徒，也说起了自己用草绳捆住裤头放牛的饥饿生活。我们没当回事，甚至有人说"你那是在旧社会"草草了结父亲的真正苦难。

我们成年后都离开了父母，聚少离多。我们不知道年复一年父亲劈柴的声音有了变化，一斧子下去，木头一分为二的脆响听不到了，变得像啄木鸟似的，一斧一斧地啄。柴堆仍旧会高高地码起。大年夜依然火光熊熊。烟灰如落雪，将父亲的头发染得灰白，再也没有褪色。没有人体会父亲用斧头啄出来的柴火与劈出来的有什么不同，反倒羡慕别人家烧蜂窝煤，烤无烟炭，轻视父亲没有能力改善现状，抱怨父亲没有创造更好的生活条件。自私的我们从来没有想过半路出家当农民的父亲，他那被割伤、跌伤、碰伤，蚊叮虫咬，皮肤像斑驳老墙的双腿。

　　树兜子卖力燃烧，情绪随火焰高涨。这并非一场蓄谋的声讨。但刀子已经扎进了父亲的心脏。父亲的脸颊通红，神色局促，他两眼盯着树兜子，眼里火光明灭，没有人在乎那是不是泪。我们早就形成了习惯，回来聚我们的，聊我们的，似乎有意显示我们的独立自主，让父亲在自己的家里变成局外人，而父亲并不要求参与。他可能一上午就在杀鸡、剖鱼、清洁内脏——他知道谁爱吃鸡肝，谁爱吃鸡胗，谁喜欢鱼肠，谁对鱼脬情有独钟——我们打牌时，他在旁边瞄上两眼。这种状态持续了很多年。也许这便是中国乡村家族的典型特征，父辈与子辈间是两条永不相交的平行线，中间是浑浊不清的河流，或者荆棘错乱的荒野，仅仅因为血缘的关系，彼此遥望指认。拳头和冷漠，武断和固执，天性和习惯，这些东西在巩固并证明父辈的权威，我们从血缘的天然矿井中捡起缺乏形状的亲情，不得不承认自己的根源。

七

森林里气温格外低，空气都好像冻住了。湖面结了冰。雪还时不时地下。房间里暖气正好。我的书桌对着窗外的湖。高的树木和低的丛林。雪地上有动物的足迹。我们见过熊的脚印。亲爱的 V，我尽量扯一些题外话，以便我能够平静地讲下去。如果我控制不住情绪，就会语无伦次，一想到给我生命的那个人不在了，而他原本可以多活些年头，我就会敲打书桌，揪自己的头发。

亲爱的 V，当我到达病房，护士正在给父亲清洗口腔。父亲眼神呆滞，他看了我一眼，没有表情，他早已不在现实中了。他身上伸出来的管子连向屏幕闪烁的仪器，或者悬挂高处的瓶瓶罐罐。我并没有如自己设想的那样握住父亲的手，抚摸他额头的皱纹，也没有替他轻捶憋闷的胸口。我只是像个质检员捏了捏那些塑料管子、橡胶管子，阅读那些根本不认识的医学术语。

我也没去抚摸他被针扎得淤青的手背。我不知道该做些什么，好像被忽然推到舞台上出演一个你根本不知道的角色。我甚至都不知道具体的病情，心肌梗死？老年痴呆？中风？我没有问。可能全是。我第一次觉得一切交给医生大可放心，而且父亲有公费医疗也不必担心经济支出。我也不是完全没想过带父亲离开这个小医院，到省城的大医院治疗，但那只是一闪念。我马上想到买房欠下的债务，手头没有足够的资金——你知道，这也是借口，我完全有能力解决这个问题。

事实上，我们毫无道理地相信，在全家人的照顾下，父亲会好起来。我们还讨论了轮椅，好像等着霸道的父亲因此变成一个顺从听话的父亲，照顾轮椅上的他远比平时和他相处更令人期待。

时间混乱黑白颠倒，父亲时而暴躁，时而呓语，形象癫狂。家人甚至请了民间巫师来医院给父亲驱邪。我知道这十分荒谬，我不信这些，但我没有反对。那一刻我理解了人们为什么迷信。

医生很快告知我们积水已经淹没心脏，父亲随时可能离开，他建议带老人回家。

我们的神经都很麻木。父亲鼻孔里插着的管子像大象的长牙，让人想笑更让人心酸。我们租了氧气罐，办了出院手续，扔掉了所有住院物品。父亲到家后意识突然十分清醒，和前来看他的乡亲说话，笑得十分开心，一点也不像将死之人。而我们则着手准备父亲的后事，订寿衣、纸钱、千年屋。这情景也算得上荒唐。当时整个现状都不太真实。我打开电脑选照片为父亲制作遗像，拷贝好照片开车去城里。

在冲印店等待处理父亲的照片时，我接到家人的电话，说赶快回来，父亲不行了。

亲爱的 V，你可以想象我是怎么离开凌乱的市区，在一条两边是民居的乡镇公路上把车开得鸡飞狗跳，比从巴黎往回赶还要惶恐。我大骂自己太愚蠢了，赶回来原本就是想陪伴父亲，关键时刻却跑到城里来弄照片。我不知道为什么满脑子想的是给父亲做一张什么样的遗像，就像一个家里失火的人慌张中只想到抢救那些无关紧要的东西。谢天谢地，父亲在等我。就如我之前告诉你的，他伸出手臂挽住我的脖子耗尽最后一口气。

亲爱的 V，不知道你是否理解，父亲住院的那段时间，我们的家庭氛围达到前所未有的温馨，父亲清醒时像个听话的孩子，十分顺从依赖，我们得到了与父亲相处以来最轻松愉悦的时光，这时候我们都没想没有父亲是什么样的景象。

八

父亲的手臂落下去，眼睛合上了，他的躯体变得很长。我托着父亲的下巴，抵合他只剩三颗牙齿的嘴。葬礼很隆重。一切都顺利如意——这么说有点荒唐，人都没了，哪来的顺利如意呢？但乡下讲究这个，一个美满的葬礼预示着时运的好转，活着的带着缅怀会有好的生活。五年前我给父亲拍的照片做成了遗像，他穿着我买的黑呢大衣和格子围巾，日夜在墙壁上望着母亲。父亲的衣服叠得整整齐齐，仍旧放在衣柜最方便的位置。母亲一直在哭，动不动就流眼泪。这让我想到他们感情很好。

亲爱的 V，没有父亲的家空空荡荡。我在屋子周围走动，父亲到过的所有地方都成了父亲留下的遗迹。土地和蔬菜在想念我的父亲。我最后来到父亲的杂物间东翻西看，我不知道自己在找什么。这里堆积着旧书桌和废弃的东西，挂着父亲劳动时穿的工作服。我摸了摸父亲用过的钳子扳手、修理绿化的大剪刀、喷洒农药的手动水箱……我打开书桌抽屉，里面有剩余的毛笔和宣纸、翻烂了的《毛泽东选集》。一个用绳子呈十字状扎绑得像食品包封的东西吸引了我。那是一叠父亲的老病历本，封面印着毛主席语录，有一条是这么写的，"应当条件积极地预防和医治人民的疾病，推广人民的医药卫生事业"。给父亲看病的医生恐怕早已故去，他们用难懂的字写下不同的病症：瘀伤、肝区疼痛、右上腹隐痛、胫骨痛，头疼、肺部如针刺、因外力打击导致脑震荡……

我对父亲的病史一无所知。

我没去问母亲是什么外力打击，她现在不宜回顾多年前的事情。她需要平静。

离开时我带走了那些病历本。我珍藏着父亲的疼痛。母亲在夏天告诉我，我撒在父亲墓地的波斯菊花籽已经遍地鲜花。你知道那盛开的全是我的愧疚。

亲爱的 V，你说，我的父亲会原谅我吗？

▶ 盛可以，湖南益阳人。著有《北妹》《水乳》《野蛮生长》《女佣手记》《息壤》等十部长篇小说，以及《福地》《怀乡书》等多部中短篇小说集及散文绘画作品集。作品被翻译为十五种语言在海外出版发行单行本。曾获华语文学传媒大奖最具潜力新人奖、人民文学奖等。

不曾远游的母亲

陈年喜

一九九九年起，我开始上矿山，天南海北，漠野长风，像一只鸟，踪影无定。有些时候，一年和母亲见一两次面，有时终年漂荡，一年也见不着一次，甚至有时忘了她的样子，但一直记得她说的张瞎子说的话。

一转眼，我四十岁了。

四十岁那年，我在萨尔托海，百里无人烟，只有戈壁茫茫。

放牛放羊的哈萨克族人，有时放丢了牲口，骑着马或摩托车呼啸而来，或呼啸而过。

这里是一座金矿，规模不大也不小，有三口竖井，百十号工人。我是这百十号人里的一员，像一只土拨鼠，每天地上地下来回。

母亲知道我在世上，但不知道我在哪条路上。我经常换手机号码，她也许记得我的号码，但没什么用，这里不通信号。母亲的床头是一片白石灰墙，上面用铅笔记满了儿子们的电话号码，哪一个打不通了、作废了，就打一个叉，新号码再添上去。这些号码组成了一幅动态地图，她像将军俯瞰作战沙盘，因此懂得了山川万里、风物人烟，仿佛她一个人到了四个儿子所到过的所有地方。

这一年，发生了一件事，我一直没有对她讲过，当然也没有对任何人讲过。母亲的地图虽详细，这样的情节也不可能显现。

这一年，我得了病——颈椎病。最显著的症状是双手无力，后来发展到双腿也没了力气，如果跑得快点儿，会自己摔倒。我后来知道是椎管变细，神经受压。

我的工作搭档是一个老头，别人叫他老黄，那时已经六十岁了，模样比六十岁还要老，掉光了牙齿，秃头上围一圈白发，又高又瘦。他年轻时在国营矿上干过爆破。他不是退休了，是下岗了，因为老了。

那一天，我清晰地记得是九月初。胡天八月乱飞雪，萨尔托海倒是没有飞雪，但空气比飞雪还冷，戈壁滩上的骆驼草已经干枯了，一丛一丛的，风吹草动，仿佛蹲着一些人在那里抽烟，那烟就是一股股风吹起来的黄尘。

我和老黄穿成了稻草人，因为井下更冷，风钻吐出的气流能透人的骨头。这一天，我们打了八十个孔，就是八十个炮。老板很少下井，但他会听炮声，一边打着牌，一边数炮。

进出的通道是一口竖井，原来用作通风的天井，八九十度，仅容一人转身。竖井里一条大绳，十架铁梯子。打完了炮孔，装好了炸药，我说："黄师傅，你先上，我点炮。"那时用的还是需要人工点燃的导火索。每次都是老黄先撤，我点炮，毕竟我年轻一些。

点完了八十个导火索头，我跑到采区尽头，抓住绳头往上攀，可任我用尽了所有力气往上爬，怎么也够不着梯子。脚和手仿佛不是自己的。导火索呲呲冒着白烟，它们一部分就在我的脚下，整个采场仿佛云海，我知道它们中的一部分马上要炸响了。

这时候，我看到地上有一根折断的钎杆，它插在乱石堆里，同时，我也看见绳头下的岩壁上有一个钻孔，那是爆破不彻底留下的残物。我快速抓起钎杆，插进残孔，爬了上来。刚到天井口，炮在下面接二连三炸开来。

我对母亲讲过无数矿山故事，我的语气、神采带她到过重重山迢迢路，但这一截路程只属于我一个人。

四十五岁，我因为一场颈椎手术，离开了矿山，开始另一种同样没有尽头的生活。比她跑七十里路，测卦来的"出头"之日，晚了五年。

我有一个非常奇怪的心理：凡是我认为的好兆头，在没有兑现成事实之前，总是小心翼翼，不敢告诉别人，不敢泄露半点儿秘密。比如晚上做了个梦，梦见大火烧身，按周公解梦，将有喜事发生，几天里，都被这个梦煎熬着，又总是在心里深深地藏掖着，生怕别人知道了，喜事就化为乌有了。比如接到编辑电话，告诉某某组诗拟于某期刊发，在文字见刊之前，从不敢把喜悦分享于人。一个命运失败太久的人，仿佛任何一个细小的失望都会成为压上命运的又一根稻草。

母亲是二〇一三年春天查出食道癌的，医生说已是晚期。在河南西峡县人民医院，经过两次化疗，身体不堪其苦，实在进行不下去，就回老家休养了。如今，已是七个春秋过去，她依旧安然地活着，不但生活自理，还能下田里种些蔬菜瓜果，去坡边揽柴扒草，其间还就着昏沉的灯泡给我们兄弟纳了一沓红花绿草的鞋垫。而当时一同住院的病友，坟头茅草已经几度枯荣。这样于她于家的好事，我怕让人知道，怕提醒了疾病，它再找上门来。

商洛现在已经非常有名了，但我的老家峡河现在出门，大多数时候依然要靠摩托车助行。雨天泥水，晴天暴尘，曲里拐弯，涉水跨壑，十几年里我已骑坏了两辆车。在家乡，你到哪家的杂物间里，都有一两辆坏掉的摩托车，而街上的摩托车销售部里，以旧换新积攒的破车子，简直要堆成了山丘。

　　山外的世界早已是穷尽人间词语都无力形容了，而母亲的一生是与这些世界无缘的，她一辈子走得最远的地方是河南西峡县城。那是二〇一三年四月，她接受命运生死抉择的唯一一次远行。

　　西峡县城不大，比起任何一个中国城市，都不算什么，但与峡河这弹丸之地相比，已是非凡世界。那一天，医院做了初检，等待结果办理住院。我和弟弟带她逛西峡街市，当时她已极度虚弱，走半条街，就要找个台阶坐下歇一会儿。她似乎忘记了自己的病，满眼都是惊喜，用家乡的话不停地问这问那。对于她六十余年的生命来说，这满眼的一切是那样新鲜。

　　当行到灌河边，滔滔大河在县城边上因地势平坦显得无限平静、温顺。初夏的下午，人声如市，草木风流。虽说家乡也有河水，也年年有几次满河的旺水季，但比起这条汪洋大河，实在乏味得可怜。那一刻，母亲显示出孩童的欣喜，也许在她的心里，也曾有各式各样的梦，也曾被这些梦引诱着抵达过高山大海、马车奔跑的天边，因生活和命运的围困，只能渐渐泯灭了。那一刻，我看见一条大水推开了向她四合的暮色，河岸的白玉兰，带她回到少女时代的山坡，那里蝉声如同鞭子，驱赶着季节跑向另一座山头……

　　那一刻，我有欣慰，也有满心的惭愧。

　　外面漂泊的十几年里，每一次回来，和母亲唠家常时，她都要问一问我到过的地方怎么样，有啥样的山，啥样的水，啥样的人，啥样衣饰穿戴。我用手机传回的照片，她一直保留在短消息里，以至于占用空间太大，老旧的手机总是卡死。一直以来对她的这些问询、这些举止，都不以为意，以为只是关切我在外的生活。现在想起来，她这是借我的眼睛、腿脚和口舌，在完成一次次远游。

　　如今，母亲已经七十岁了，一辈子的烟熏火燎、风摧霜打，她的眼睛视物已极度模糊。慢慢地，人世间的桃红柳绿、纷纷扰扰，她将再也看不到了。即使我有力带她出去走走，她身体的一切也已无能为力。

　　所谓母子一场，不过是她为你打开生命和前程，你揭开她身后沉默的黄土。

▶ 陈年喜，1970 年生，陕西丹凤县人，作家、诗人，中国作家协会会员。作品见《人民文学》《中国作家》《花城》等刊，出版有诗集《炸裂志》《陈年喜的诗》，散文集《微尘》《一地霜白》等。

万物带来你的消息

徐海蛟

如果我们足够幸运，得以避开 1992 年那个夏天的早晨。

如果那一天，三轮小客车的司机因为前一晚宿醉未醒拒绝载客；或者我突发一场急性病，因深夜腹痛辗转至天明；或者你走出家门时，被路旁一截树桩绊倒，正好伤及足部；或者三轮小客车急速行进中，突然爆了胎；或者天降大雨，车速就比平常慢出些许；或者你要坐的那个座位，偏偏被别人占了，你就挤到了逼仄窄小的车厢另一侧；也或者你没在走到村口时停住脚步，没有指给母亲看那片即将在明年变成宅基地的农田——你告诉母亲，明年将在此地建屋，我们就要有新房了。

父亲，以上这些命题，只要成立一个，你乘坐的简易三轮小客车只要快一秒，抑或慢一秒经过那个黑灯瞎火的十字路口，你将仍然留在人间。

二十六年过去了，我常常在脑海里回放 1992 年夏天的情形。那个早晨，我明明七点多醒来，热好你和母亲留下的早餐，于一种莫名的空落里望着夏日白晃晃的阳光倾泻到门前田野。我看见稻子正在结沉甸甸的穗，田野由绿转黄。可在反复回想里，事实似乎变了一个样，仿佛有另一个我，正跟随着你和母亲往前走去，零碎的回忆拼接成了另外一种场景。我非常痛恨，在整个事件中，在死神向你发出召唤的早晨，我竟然没有做一丁点的抵抗。我无数次想，如果时光倒回，父亲，那个早晨我一定要更改这人世间最不公平的事实，我要和死神谈谈，不管你是否阳寿已尽，不管死神多么冷酷，只要他听得懂人话，只要他知晓世间的天伦之爱……父亲，我都要和死神谈谈，他没有权利在那个十字路口粗暴地将你带走。

但死亡一锤定音，从来不容置辩，不许说情和讲理。

父亲，你猝然离开后的二十六年里，另一个你却在我心里疯狂生长，像夏天野地里的藤本植物，枝蔓横生，根系探伸至每一个时间的角落。

十三岁，你离开后第一年，我需要一个父亲。

在小学毕业的各种履历表中，我偷偷摸摸将你的名字仍然填在那些栏目里，我故作平静地想让别人知道，我的父亲还在。但字写得要比其他表格的小，落笔很轻，我知道那是因为不自信。一个已不存在世间的人，原本不用再填写他的名字，但我不允许他们在一张表格里忽视你。那一年，我和班上一个又笨又傻又壮实的男同学打了一架，后被班主任老师拉到办公室。打架理由简单，我去收他迟迟不交的作业本，叫了他父亲的外号，他反过来顺口叫了我父亲的外号。本来是一场还算公平的口角，我却认定自己父亲的名字不容亵渎，于是就有了身体的厮打。

十四岁，你离开后第二年，我需要一个父亲。

幽暗的青春期像一个漫长的雨季，庭院深锁。少年的身体在成长中历险，我感觉到胸口的隐痛。我担心嗓音变粗，我厌恶粗糙刺耳的声音。我担心某个早晨醒来脸上会蛮不讲理地支棱起胡子，从而出落得像邻居的儿子那般丑——他白净的脸，一入青春期就长满胡子，有如进入春天的荒地疯长着野草。我更害怕青春痘侵袭，于平整和白净的面颊上布满粉刺和脓包。一个夜晚连着一个白天，一场水雾连着一片细雨，我在雨季的巷道里穿行。白天，我被觉醒的身体弄得坐立不安，夜晚，身体里的荷尔蒙又像拱动的小兽，一刻不能消停。

　　这样的季节，我需要一个父亲，需要被一个男性的声音告知，男孩的身体在哪个时节醒来，又将完成怎样的蜕变，我需要弄清楚不安和悸动皆因生长所致。

　　十七岁，你离开后第五年，我第一次离家远行，我需要一个父亲。

　　你应该走在我前面，帮我拎着那个人造革的黄色皮箱，我像你一样以右手的手指梳理头发，以左脚迈出门去。一个即将成年的人，第一次走向更开阔的世界，他要自己购买第一张客车票，他坐上嘈杂的客车，这时候父亲应该在身旁，以最少的话语叮嘱他到了外地如何与人相处，叮嘱他隔一个月往家里写封信。一个男人的远行要始于父亲，而归于母亲。

　　二十三岁，你离开后第十一年，一场痛彻肺腑的失恋击中我。

　　我在自己的执念里难以自拔，以为只要借助爱情，就能留住世间任何一个想留住的人。这件事固然没有任何地方可以求医问药，只有父亲能告诉儿子爱的真相何在。我想会有那样一个时刻，我们静默地坐于灯下，在彼此面前倒上一盅老白干，就着一盘水煮花生，一碗青豆炒肉。我们是不善饮的父子，但有些时候必须有一盅酒，必须有呛人的白干，必须让它在经过喉咙时引发热辣辣的滋味，我们才能谈论从来避之不谈的事。依然不是促膝长谈，只在昏黄的灯下，说一句或两句话，但每一句话都是有响声的，像酒杯磕到桌面一般。父亲会说："往后长着，爱情不独一份，要走很远的路，才能遇到共度一辈子的人。"

二十五岁，你离开后第十三年，妹妹遭遇一场凶险的感情危机。

公司里一个男人追求她，两人恋爱不成，分手也不成。对方死缠烂打，不肯罢休。我们让妹妹全身而退，迅速离开了那家公司。对方气急败坏，不断电话骚扰，扬言若分手，就得留下一条胳臂一条腿，妹妹吓得瑟瑟发抖。这几近扭曲的人，时不时出没在我家附近，后于每天下班后等在公交车站。我第一次感觉到了野兽出没的威胁，我需要一个父亲，那时候危机的第一片阴影将落在你的额头上，而我只是那个站在你身旁的儿子，我只需和你一道注视着那片阴影，来分析明天我们如何应对。我需要父亲由阅历带来的智慧和勇气。

二十九岁，你离开后第十七年，结婚前夜，我需要一个父亲。

新屋里敬神，红烛燃着，香烟缭绕，世界蒙上夜色。那一刻，我需要一个父亲。我们一道站在窗前，父亲会说出一盏灯火的意义，那也是世俗之于一个男人的意义。他曾经在深山里走过无数夜路，像风浪里沉浮的一叶孤舟，每一盏灯的出现都令他感动得想要呼喊。因了对灯火的渴望，因了远路的漂泊与游荡，我们才殷切地守护一个家国的梦想，就像守护寒夜里最后一团火光。

三十岁，你离开后第十八年，我守在产房门口，女儿于夏日的一个中午降临人世，在阳光最盛的时刻，生命完成了一个分支。

父亲，或许你对女孩颇有微词，你向来格外看中传宗接代这类事。但我仍然期望，你能和我同在，我们一道迎接这个夏天里最奇妙的一朵蓓蕾。我渴望看到你抱起小婴儿的样子，那就是你自襁褓里抱起我的样子，也就是我抱起女儿的样子，这是生命的交接，由你的臂弯到我的臂弯，由你的寄望到我的寄望。

三十三岁，你离开后第二十一年，我躺在手术台上，等待麻醉。

医生摆弄器械时的金属撞击声敲击着我的耳膜，那一刻，手术室里的冷几乎一下子夺走了我积攒三十三年的热量。我闭紧双眼，我需要一个父亲。我的父亲恐惧各种事物，唯独面对疾病，他有最大的胆量，我需要一个不说话的父亲，需要他坚定的眼神，需要他和我一起走到手术室门口时毫不犹豫的步履。

父亲，更多时候只剩下寂然。无数黄昏和夜晚，我独坐在橘红的霞光里，暮色像大提琴的曲调一般哀婉，有时候我伫立于窗前，细雨织出绵长的回忆，你的脚步再没有自窗外响起。这往后长及一生的时光里，你只以无尽的沉默示人。我以为，每一天都在远离你，越来越远，远到再也望不见你的一星半点。

直到我成为父亲，我才明白，一个人的生命可以在大地上展开，在地理和时间里展开。

一个人的生命同样也可以在人心里展开，在记忆和想念里展开，在口耳相传的故事里展开。

这样看来，一切还没有我们想象得那么悲观。

父亲，当人的肉身消失，顺带除去了身体的局限和挂碍，也除去了来自时间和空间的阻隔。在这人间，我们从此以另一种形式相逢。而你，活在轻盈的欲望以外的世界里，你以无所挂碍的方式丝丝入扣地拥抱我们。我开始相信，无限事皆出于你的意旨。

你埋藏在我身体里，像一粒恒久的种子埋藏于无垠的土地，你借助我的血肉之躯生长为人间的一棵小树。你的血液成为我血管里的一股潜流，成为我骨骼里硬朗的钙质。你的味觉赋予我对食物的选择，我喜欢食肉，喜欢麦饼、年糕、面条……父亲，这些都是你的喜欢。每一回吃麦饼，我都要留下一截外围的厚圈，据说这也是你的一贯吃法。而现在，在一个餐桌上，女儿仍然和我不约而同将手伸向一盘包子，我们神奇地重复了曾经我和你同时将手伸向一盘馒头的动作。你的听觉，赋予我对是非的判断。那些藏在街巷里的困苦，那些日光即能照见的不公，那些发轫于远古的英雄故事，在进入我的耳膜后，都能激荡起与你心里相似的波澜。

你又俯身于万物，将自己分为我的千万分之一，让我在更宏阔的世界里逢着无处不在的你。

秋风乍起，寒雨和落叶带来大地的消息。那是你曾经劳作的大地，你在那里种植小麦和水稻，种植红薯和玉米，并以此养育年幼的我。那是你长眠的大地，是你的故事依然生生不息的大地。父亲，我将收到你的来信。你的生命消融在秋光里，消融在晚风和薄暮里。古老的九月像神秘的蓝色雏菊打开好奇的眸子，当秋凉平复我灵魂里每一处的褶皱，躁动与不安变得宁和服帖。父亲，我与你在秋天的黄昏相逢，你附着在一片边缘通红、中间如金的叶片上。那是你自小就有的魔法，你那样轻灵，在经过一棵大树的时刻，自我的目光里坠落。你知道我是爱树的，你拂过我的脸颊，轻拍我的左肩，这是深秋的召唤，也是父亲的问候。我们远隔着一个辽远的人间，远隔着生的全部愿望，远隔着一杯热酒，一碗白米饭，一件贴身棉衣，一声小婴儿的啼哭。父亲，我们又如此切近，近得我仿佛可以触到你沉思的目光。此刻，你就是我掌心的一片叶；你又是带着叶轻扬的这阵秋风；你还是满山在夕阳里闪闪发亮的茅草的穗子。

　　我在深冬的老屋里醒来，檐上的冰凌闪现晨光里第一道晶莹。父亲，那是你在童年时为我折下的一根冰凌折射出的光线，依然有着三十年前的剔透。多年后，你一定在一个冬夜想起我们早年的事来了。那些隆冬的清晨，下过一夜大雪，寒意吐着冷冷的舌头，你并不畏惧第一个钻出被窝，将一块瓦片搁到灶膛内昨夜藏起的余火上，再将红薯置于瓦片上。红薯慢慢熟透，香味穿过厨房，穿过干冷干冷的空气，钻进板壁，进入我们的鼻子，寒气被挤走了，一个新的日子就在这暖融融的香里开始了。

　　你光顾了这座故乡的老屋，你在木格子窗外凝视我们平静的睡眠，你听过我们梦里均匀的呼吸，留下这看似不着痕迹的礼物。

　　我相信更多的事物与你有关。

　　在漫天而至的雪花里，那第一片和最后一片一定出自你的魔法，只是你不想那么快让我们觉察。否则，这两片雪花不会恰好落在女儿睫毛上。我相信北风的歌声也与你有关，你只是不想吓到我们，以至于总是那么遥远地在野地里吟唱，每当要靠近我们的耳朵了，又随即快速离开。

　　到了春天，你就有了更多魔法。你有办法让深黑的大地露出一张明朗的脸，你在一条我们必经之路上的水洼里投进一片好比孔雀羽毛般绚丽的彩霞。你在四月的樱花树上安插了一只红嘴的鸟儿，每当我从树下走过，就被那只鸟的鸣叫吸引，等我站定，樱花一片两片三四片，以轻梦和诗句的形式落向衣襟。父亲，这是否就是你的生命课？在一树花前，让我感念生之短暂与珍贵；在一树花前，让我无限接近你此后的轻盈，接近这春光一般绚烂的消亡。

　　父亲，你在每一段行程里，一程山水，一程云烟。你是我走出月台时，抬头遇见的那一片云。那一刻，出发的汽笛已响过，一片云朝我挥手，在轻缓的动作中，我看见别样的深意，那是父亲临别时才有的表情。你是我返回故园时望见的第一缕炊烟。我小时候，大家都还在，家里的人满满当当，声调各样的脚步声带着蓬蓬勃勃的朝气。每当炊烟升起，祖母便站到家门前喊外出劳作的人吃饭。祖母喊声嘹亮，对面远山传来回音，整个村庄都能听见，随后，家人便自各处汇集而来。父亲，你早就读懂了炊烟写在天空的寓意，你又重新变出了这个我熟知的戏法，让我在多年以后与故乡相视一笑，让我相信故乡是我的故乡，也是你的故乡，这是我们生命的应许之地。

　　一程山水，一程云烟。父亲，无尽岁月，我们都是长河里的一朵浪花，我们永远地别离，我们又无数次以另外的形态重逢。我坐在秋天的水边，面前一束束湖光逐水而来，父亲，这是你在爽朗地笑，你总是那样笑着逗引孩子们。我走在陌生的城市街头，人群中有一个背影，让我的脚步不由自主停了下来，我喜欢让目光追随一个陌生背影，直至他消失在黄昏街角，我相信那一个熟悉的背影或许就是你。

　　你是黎明的晨曦，是八月山野里我能望见的最亮的星辰，是大海上风暴来临前，那一只一直在我船前徘徊的白鸟，你像闪电割开被乌云遮挡的航程。

　　你是我的犹疑不定，是我挥刀也斩不掉的优柔寡断。你是我的胆怯，是我的张扬，是我正直的部分，你是我那部分多余的爱。你是我摇摆不定的现实，是我对世界蓬勃的想象，你是我与生俱来的矛盾。你是我根深蒂固的人间欲望，又是俗世上那片不肯落入凡间的云彩。父亲，你借我的命继续活着，我是你一次一次的重生。在每个清晨，你醒来，在每个夜晚，你仍然不肯睡去，你进入我的梦里，你在我的呼吸里游荡，在我舒展开四肢的时刻绽放。

　　父亲，你是我另一个部分，既是遍寻不见的上游，又是摆脱不掉的宿命。你消逝于世俗的人间，消逝于柴米油盐酒菜面饭，又皈依于万物。你在我的每一段行程里，在我每一个置身的时空，悄然出现，又悄然离开。

你是我无影无踪的父亲，你是我无处不在的父亲。

▶ 徐海蛟，中国作家协会会员，浙江省作协散文委员会委员。作品见于《人民文学》《十月》《作家》《山花》《散文选刊》等。著有《山河都记得》《故人在纸一方》等书 14 部。曾获第四届人民文学新人奖、第三届三毛散文奖、浙江省五个一工程奖等奖项。

十五十六正当春

绿窗

一

妈，你和我爸的山居生活好吗？

年近了，也该满怀欣喜置办年货吧，缺钱就托梦。腊月忙碌非常，想你从前自早晨一起炕就忙到后晌黑，洗涮完毕一挑帘子，大月当空，十五了，你当即念出：十五十六正当春。说的就是那鹅黄的葱绿的、含着香气带着锋芒的、饱浸杀牲祭祀之味的满月。你的声音好比京戏道白，字正腔圆，把那一团银铿锵截获了。

我说你年年都说这话，你说好话年年都要说，要永怀美好的心。话音一落，孩子们、亲戚们就会陆续来家了，从老村到城里都有喜悦的暗流涌动，你孤寂的林子鹊鸟躁动，冷风冰雪亦觉春气招摇。元宵节的月亮反而伶仃，是开在古代恋人间的花枝。腊月十五的月亮意味着更久长的团圆，所以不管城市还是乡间，这一晚我都会在夜空下站一站。星星是钻石发出的福禄咒，从裸露的皮肤按入生锈的身体，真觉得剔透了许多。月亮则是春天的女儿家，花气袭人，玲珑浩荡，在山头在树间略弄一回影，即生发多少赏心悦目的事。

　　今年有大雪映照，月更加如梅如魄，你却说不出了，或者你说出了我们听不见弄不懂，抑或尘土欲埋住你的声音，而它们早已顺着草丛蹿上来，又沿着欧李和酸枣树遮没的小路回家，落在树枝、瓦片或墙头，我们该关注这些微小的事物。

二

　　你其实一点都没做好心理准备，五一回家弟弟逗你能到一百不，你很认真地说，一百八成不行，九十吧。但是五月中旬你就确诊结肠癌晚期转移到肺和脊柱，八十了，保守治疗。你仍怀着小鸟初飞般扑棱扑棱的信念，我们选择不说实情，六个孩子和孙男娣女轮流住在老院子里陪你，不想把你交给医院和冰冷的仪器，在恐惧中孤独离开。落日有加速度，才二十多天你就沉没了，癌魔咆哮着刀削斧凿，快走无疑是仁慈。那天是端午后第三天，农历初七，犯七，故见七都不烧，你体恤我们奔波呀。

照阴阳先生所说，我们风风光光送你上山的时候，正是父亲带着大花轿喜滋滋来迎娶你，老太爷主持婚礼，爷爷奶奶、二爷小爷爷们一大家子热闹呢。你们各自二十年孤独，现在团聚了，我们该悲该喜？

表妹说，舅母六十多岁肺癌去世，她们哭得撕心裂肺，不休不止，舅母的灵魂忍不住总回头探寻，这样既耽误她往生，她多看孩子们一眼，也令生者出状况，应该多念地藏经，助你早日脱离苦海，往生天堂。

三

父亲走后你还在，你走后家没了，这是你和父亲去世的不同意义，深切的痛楚也在这里。没有父母的娃，需要重新适应老家这一称呼。房子还在，房子不代表家，也不代表故乡，故乡亲，是因为人在。

去年腊月，我洗衣被，你佝偻着后腰洗一大盆带鱼，而其实叫癌的小鬼早已爬上你的脊柱预备大吃大嚼，因为满心被快乐的期盼缠绕，抑制了它们的尖牙利齿，我们最后一次拥有幸福的除夕，丰满的大年。你一走，有妈的节日灭绝了。

中秋节后第三天，亦是你西去百天。以为老院萧条无法落脚，到家那一刻，花把我们镇住了。门外，甬路，墙根，窗下，花枝英挺，花色繁茂，步步高，凤仙花，锦葵，蜀葵，地雷花，江西腊，扫帚梅，洋甘菊，五色蹁跹，蜂蝶恣意闹行，尤其停放过你灵柩的地方，步步高花格外壮硕，朱红到橙粉，花瓣多层宝塔般比着艳丽，多阳光，多正气，你的灵魂曾在那里逗留，会继续在那里歇息，真是不小的安慰。

距你离开只剩十几天时间，你支撑着过度腹泻虚弱的身体，指挥我们赶在雨前栽秧栽葱，是"死了也要把黑麦种上"那种气势，是永怀美好的心。

我深知，蔬果是你的自尊和荣耀，是你召唤子女回家的理由，走时大包小包带上，你还能给予儿女一个田园。去年深秋你的晚豆角还满架蓬勃，你想留得再晚一点，结果夜间一场霜冻都蔫死了，你连连叹息，我跟着你一起叹息，咒骂这天气不通人情。而后我有点悲伤，我懂你叹的不是几根豆角菜，是手心空空，缺了叫子女回家的理由和勇气了。你总想拿出点什么才会说话，没有蔬菜水果了，你就只有节日来说话。你是什么时候羞愧到不敢对孩子提出要求的？你就拿出当家老奶奶的威风说一回，今年都给我回来！但你从来不要求，体谅这个体谅那个，自己忍受孤独。你是觉得老了不中用了？还是让周围老人的遭遇给吓怕了？

你爱种菜，我更想多栽花。明知一旦给你办上大事人多践踏剩不下几棵，我仍挪来挪去找寻稍微安全的地方，一桶桶拎着水浇到胳膊都肿了。我们不是在等着什么，是在用心和你过日子，相信山河可以修复，相信你能看到花开，吃到果实。

我抢救残存的花，并刻意把几枝花郑重栽到停灵之地，祷告它们一定成活好好开，压压阴气。说亡灵在五七之间不知自己离世，还会在院子走动，花们得替你守着家门，陪你说话。你种的满满一大铁锅小辣椒，都栽菜园了，锅里只留下五六芽"死不了"花。盆栽的长寿花月季花也移在墙角，灌满了水。我们走后，它们只能靠老天关照，自己努力了。哥说，自从送走你之后，几乎一滴雨没下，回家途中越往北庄稼越坏，到咱庄里见玉米一地地都是半截子，心凉透了。

可老院子今年花胜去年红，大幅度反转。该是你的灵魂护佑这些花开？大铁锅满是金灿灿的小太阳花，每一朵开成微型的"姚黄"。蓊郁的叶底下，尖椒熙熙攘攘如过街市。一丈红正攀上房檐，或停在大门墙头张望，深似魂魄。

当我们撷下花枝，采摘辣椒，捧瓜吃枣，你分明坐在石阶上微笑。花是家的，也是野的。你是那里的，也仍是我们的。

四

八月节，我们坐在枣树下的石凳上，吃枣吃月饼，等月亮，等你回家。

云层跌宕，刚孵出来的月亮腥而鲜，有果肉的湿气与秋的沉稳，拿"十五十六正当春"说还真是不搭，从前的人与日子贴肝贴肺，摸得透每一个节气，并准确传承下来。中秋的月亮是一口深水井，布满沧桑的青苔，收藏着镰刀和斧头；它落进山楂树，或西红柿与秋黄瓜架上，嗅那人间之味。

那条石凳你独自坐了二十年。一次傍晚你坐在那儿，头顶簌簌枣花，鸡窝上横着嘟噜甩挂的杏树枝子，眼前一片朱红的凤仙，我倚着屋门看你，西边邻家瓦屋，再远的晚霞，烧得比炭火还旺。而你定定望着前方，没有花，没有我，没有万物，我不知你在想什么，人能打破自己的孤独，却无法进入另一种孤独。

尼采说，寂寞有七层皮。何止，你在自己的冥想世界里，那是个深渊。我们也注定要掉入那个深渊，谁会不怕？

我们想着，树下放上小榆木桌，摆两碟你腌制的咸茄子咸豆角，拌杏仁胡萝卜芹菜，盛上加了好多红豆的棒子米粥，房檐悄然顺下一只大蜘蛛。想着蔷薇花大开时是你的生日，樱桃也红着白着，放大圆桌了，四代同堂，叫妈、奶、姥、太太、太姥，浑厚或稚嫩，院子就是偌大的凹形玉盘，有大珠小珠叮咚落下来。

但今年生日你不等了，悲凉之气弥漫，蔷薇花骨朵突然焦黑，你说是浇水浇坏的。后来灵柩压住院落的时候，已经开放的蔷薇花们全部凋零，如同经了一场灰火烤炙。再后来我想通了，是父亲想单独给你过生日，蔷薇花该是他采集走了，要布置你们的新房，他其实不乏烂漫心。沉重的六月初，月亮剪刀般剜在枣树的上头，石凳随之荒冷了。幸好那些花不断地落下来，覆盖孤深的凉意。

五

腊月月圆，我们在屋里坐下来。寂静的，门开着。

哥常过来清理院落，开窗通风，并无霉味，还蓄满生活的气息。

炕上铺着干净的炕单，仿佛你还在延续最后的病程，远嫁的大姐放下家中一切来陪你，是你最理想的渴求。大姐细致，会做饭，你们随意就倒出一车一箩的话来，白天像有一坡一坡的棒子掰也掰不完，晚上窗下藏着数百只蟋蟀，夜愈深叫声愈清澈，天未亮簌簌扑落的话音，让我怀疑是否火燕穿透窗子喊喊喳喳了。姐姐们一回来大炕就满了。你在炕梢，大姐挨着你，二姐挨着大姐，我挨着二姐，一炕的女人有一炕的话要说。但你说不了了，疼痛杀死了一切。

夕阳抹到红柜子上，老相片镜子里人影绰绰，两盆长寿花刚刚喷了水洗净尘土，浓绿的厚叶子安静和美，像塞尚的苹果永不会凋零。

这个视点亦是父亲过去的目光。恍惚夜深，父亲在炕头，你挨着父亲，最小的孩子挨着你，男孩子依次往东，我们姐妹在西屋。即使那屋奶奶才停过灵柩，我们竟不害怕，因为有父亲镇着。那一大家子，先是孩子们一个个长大离开，再是父亲走，这炕就是你独自的一铺炕，你是最后的撤退者。

用你总是舍不得烧的干柴棒烧炕。我们甚至用训斥的口吻说服你，岁数大了，要拣好的用，挑好的吃，谁也不能保证今儿睡下了明早还能起得来，你那俭朴的习惯仍不改。啥都扔是背兴鬼。你反训我们。木柴在两个灶台里燃烧，两个烟筒同时冒出炊烟，后梁成群的灰喜鹊们随即叫着冲出来。唯炊烟永不改道，一出来就是一院的繁华。

你的花狸猫也在炕头复活，小不点四处探索完毕，就挠你的衣衫我的光脚丫子，累了就蜷在你的紫花棉袄里睡觉。狗欠的，总逗猫，猫挠过去，狗逃进花丛，猫跟进，我又追在后面，狗跑到头反过来扑猫，猫哧溜爬上树，你坐在门墩上看着乐。

"晚上我俩躺一起，夜的微光映进屋，我不敢看她多皱的脸，她像风筒般很冲的呼吸。我把背给她，是在求庇护，一旦后背裸露给空气，我怕有灵异闯进身体。我睡觉会稍微错开老父的原下榻之地，亦错开有缝隙的木窗，屋门也令人不安，除了一条薄薄的帘子就是焦黑的外屋，外屋通着外界，是更苍凉的黑，不时传出低吟浅叹。"

但是我从未和你说过我的不安，我不过一次住上几天，你得独对旷野般的长夜。想接你出去，你说得守着家，过年在外的孩子们好有个奔头。

墙上日历本停留在 2019 年 6 月 12 日，圆坟那日。中秋节二姐收拾屋，顺手把日历一撮撮扯下来，三五下就到 9 月 13 日，过节了。我想制止她要留纪念的，没来得及，也好，日子总要往前，停不下来的。

你看，眼瞅就是新年了，只是你再不用关注二十四节气变化，虽然这山这水仍是你的。

六

照例，节日的大餐在大哥家老院子吃，你和二姐在前面走，我后面跟，照下你的背影。这样的照片还有不少，比如去村外看戏，去村前聊天，去山坡溜达，更多的是你在菜园里劳作的影子。你不想照相，说皱纹多不好看，我假装看花看树，花枝重重，都挎着你生活的影。现在我们无法捕捉，也许你在周围，你看得见我们。

妈，父亲可会向你告我的密？端午上坟祭祖时，我心中默默跟中医老太爷请求了，当年你嫁父亲是因为太爷治好你的病，现在请老人家再次搭把手治好你，一走万罪消。我更向父亲请求：快点把我妈接去吧，多一分钟都是受大罪，一面又骂自己不孝。

谁也不能在一个地方以一种形式久存，我们都得参与宇宙大循环，今生遇在一起是了不起的缘分，我们在虔诚祈祷，以善养心，创造未来碰面的机会，珍重。

对了，知道你一定惦记着保家仙，我和姐姐已经清扫上供了。仙龛面前，我们燃香烧黄纸钱，虔诚跪下，磕头祷告："感恩各路神仙多年来对我家族的庇护，虽然母亲大人走了，还请各路神仙继续保佑家族健康平安！"

老枣树会罩着房子，尖上还给鸦雀留些红枣。《阅微草堂笔记》说：庭有枣树，百年以外物也。每月明夕夜，辄见斜柯上，一红衣女子垂足坐，翘着向月，殊不顾人。

若枣树上真有红衣女子，我只当是妈你过得开心，出来耍了，十五十六正当春的年纪，爸会担心呢。

▶ 绿窗，本名宋利萍，满族。承德护理职业学院教授。中国作家协会会员，鲁迅文学院少数民族班学员，《读者》签约作家，郭小川研究院副院长。出版散文集《绿窗人静》《击壤书》《被群鸟诱惑的春天》《城垛上的花魂》等。获首届丰子恺散文奖，作品入选首届中国少数民族文学之星丛书，多次入选河北散文排行榜。

他是这世间一枚笨拙的陀螺

韩浩月

四叔去世的那一天，在返乡的深夜火车上，我不禁想起他离开家园，在乡村四野晃荡的时光。那时他的身影，该是多么消瘦与孤单，但那也应该是他一生中，最自由逍遥的时光。他终于抛弃所有，放下所有，为自己而活。

半年多前，听到四叔病重的消息，就有一个不好的念头——他不会在这个世界上活太久了。他这一生劳累太多、吃苦太多，小病不治，大病拖延，对身体亏欠太多，任是谁百般劝告，他总是舍不得往自己身上花钱。时间久了，家人也就习惯了他病快快的样子。

小的时候，四叔留给我极为深刻的记忆。他性情柔软，说话的时候满脸堆笑，是个帅气的男青年。他的名字叫韩佃斌，他告诉我"斌"这个字，是文武双全的意思。他写得一手工整的钢笔字，所以我更认为他是个文化人，像是一个出身于知识分子家庭的人。但事实不然，我们这个家族到了四叔这一辈，已经是彻底的农民。不知道四叔是继承了哪位祖辈的文雅之气。

其他的叔叔们粗犷、大线条，呵斥小孩乃至打小孩屁股是常有的事，唯四叔总是以平等的眼光来对待我们。是的，他不令人惧怕，他身上仿佛总是有一圈无形的和煦光芒（那不是属于年轻人的），让人不自觉感到亲近。我总愿意和他在一起，下湖，割猪草，干农活。

有一次在湖里割草，草丛深深，而我心不在焉，一镰刀砍到了大脚趾上，顿时鲜血直流，在我疼痛昏倒失去知觉之前，永远地记住了四叔那张吓得惨白的脸。后来听说四叔简单用衣服给我包了脚，抱着我疯了一样往村里的卫生室跑，边跑边哭。那年我大概八九岁吧，不明白四叔是因为害怕、心疼还是别的原因哭，可能是都有吧，我没见到四叔哭泣时的脸，但那次之后，内心对他又多了一分亲近。

四叔常和我聊天，聊一些孩子听不懂的话。他说话的语速慢，断断续续，听着不累，也隐约能感觉到他话里的哲理。那么多话中，只有一句话我记得，他说："如果我们整个大家族，每一个人都能够活得好好的，我哪怕死也没关系。"这句话像道闪电一样把我的童年世界照耀了一下。时间久远，我不知道现在记得的这句话，是否一字不错。但他的意图，我是非常明确的。那时候不懂什么叫牺牲精神，但他这句话让我懂了。从此一副沉重的担子，也压在了心头，一直压到今天。

我父亲是老大，他在世的时候，也是出了名的脾气暴躁，他的弟弟没少挨过他的揍，但四叔没有。虽然排行老四，但他从来都不做令人生厌的事，干体力活总是冲在前头，像头累不垮的牛。他会天不亮就一个人去田地里干活，等别人到的时候，他已经把属于自己的那份干完了。在得到夸奖的时候，他会笑得露出一口白牙，然后再帮别人干。

他对孩子有怜惜，总觉得孩子不应该做农活，但没办法，在过去的农村就是这样，不能有吃闲饭的人。我记得有年夏天割麦子，中午在地头树荫下休息，我忍不住困倦熟睡下去。要被叫醒的时候，听到四叔的声音，"他累了，别叫醒他，让他多睡会儿"。那天的午觉我睡了个饱，四叔的话，让我在朦胧睡梦中感觉到甜意，也是至今想起来仍然能让我心头一暖的记忆。

我踏入社会的时候，有半年是和四叔在一起工作。那时候他在一家漂白粉厂打工，这种工厂不但极度劳累，而且空气污染严重，一般人没法坚持半年，但工资相对较高。四叔仿佛是为了践言——只要家人过得好他死都愿意，在我成为他的工友之前，他已经在这家工厂工作了两年。

我来这家工厂，是追随着四叔而来的。潜意识里，我也想成为他那样的人，做苦活，出苦力，为了家人多挣钱，这是四叔带给我的价值观。那年我大约十七八岁，每天把又厚又重的防护服穿戴整齐，出入味道刺鼻的车间，把几十吨的生石灰，生产成具有消毒功能的漂白粉，再一袋袋打包，扛上运输车运走。几十吨的货物，就这样在我们少数几个工人手里辗转。我不服输，从来都和四叔做一样多的活。夜里加班累了，一起躺地上，和衣小睡一会儿，任由露水打湿衣服。发了工资，和其他工友一人一瓶白酒，喝个痛快。

后来累吐血了一次，四叔坚持不让我再做这份工作了。我转向别的职业，直至重新进入学校读书，远走他乡。

一走就是近二十年，见到四叔，也就是每年春节的时候去他家里拜年。每次见他，都是在客厅里简单地聊上一刻钟的样子。那一刻钟，聊不出什么来，他不愿意诉说自己。我因为要赶场子拜年，十几家要走下去，也总是没时间和他喝一杯酒，听他打开话匣子。所以这二十年来，他究竟是怎么过的，我竟然从未听他亲口说过。

我所知道的，都是后来和家人通电话时听到的点点滴滴。年龄大了之后，四叔变得木讷寡言，他从不给我打电话，我极偶尔打给他，也是闲说几句就挂了。我听到，他在一家工厂烧锅炉，每月薪水微薄，但好在不甚辛苦。怪不得有两年回家，看到四叔的脸总是黑黑的，但笑起来，牙齿还像年轻时一样白。

　　我还听到，他因为信了一种教，要出去传教，于是离家出走了。听到这个消息，我居然有点儿替四叔高兴，那段时间，他该是暂时忘记了家庭责任，忘记了压在身上的所有负累，快活地为自己活了一段时间吧。想到他在乡村四野游走晃荡，身影既消瘦又孤单，他该体会到那种难得的逍遥与自在。那是属于一个诗人的生活，被寄托于某种信仰之上，那种生活使他告别了自己的农民身份，成为一名布道者，后来他面对死亡的勇气，也是从那时候就开始积攒下的吧。

　　我想像四叔那样，尽管是这世间一枚笨拙的陀螺，也能够努力转动。可是一个走出乡野的孩子，转动起来太艰难。我也想像四叔那样，把整个家族的期望背在自己身上，但真的是背不动。背不动，就变自私了，就放弃了，把精力用在了经营自己的小家庭身上。我觉得自己辜负了四叔的期望，尽管我一直是他引以为傲的人，却没能够给他更多的关心。

　　四叔去世的时候五十多岁，比我大十多岁而已。他该是自己小家庭的主心骨，自己孩子们的顶梁柱，可如今他却被一抔黄土深深掩埋。

　　去埋葬四叔的时候，我和弟弟们把人们祭奠的盆花都带到了墓地上，在新坟周边挖了二十多个小坑，把那些鲜花都栽了进去，把车里的一整箱矿泉水都拆了打开，浇灌这些花。这该是四叔这一辈子，第一次收到鲜花，也是唯一一次收到这么多鲜花吧。它们在冬天枯萎，可根却留在了土壤里，春天来的时候，幸运的话，那些花还会开。

　　在栽下那些花的时候，想到明年春天，四叔的墓边会开满鲜花，不禁在心头微笑了一下。我想四叔在天有灵，也会会意一笑。

▶　韩浩月，1976 年出生，山东郯城人，作家，文化评论人。在多家文学期刊、媒体发表大量散文、随笔、评论。出版有"故乡三部曲"《错认他乡》《世间的陀螺》《我要从所有天空夺回你》，评论集《座无虚席》《有时悲伤，有时宁静》等作品 20 余种。多个影视奖项选片人、评委。曾获得第十八届百花文学奖。

辑二

那么恨，其实就是那么爱

那么恨，其实就是那么爱

南在南方

虽然想象了很多困难，可等到临盆时，她才明白什么是生死悬于一线。

在女儿第一声啼哭响起时，她忽然泪流满面，她也成了妈。就在那一刻，她知道，原来自己和母亲在内心深处从来没有远离过。

她拨电话，接通时大喊一声："妈！"电话那头分明有些迟疑，片刻，那个熟悉的声音传过来："二姑娘？"她说："你当外婆了，十分钟之前，我生了个女儿。"母亲忽然哭了起来，哭声越来越大，说："二姑娘当妈了，当妈了……"突然涌上来的亲情冲撞着喉咙，让她说不出话来，母亲一个劲儿地哭，于是，她默默挂了电话。

她深深地叹了一口气，因为遥远的母亲，在秦岭之南。此时，她在乌鲁木齐。

她突然想起来，此时这里还是傍晚，老家已经夜深了，隔了两个时区呢。她想，这一夜母亲也会不眠……

那年春天，父亲去世之后，生活眼看着变得捉襟见肘，母亲咬着牙说："只要我有一口气，就要让你们念书。"

话虽这样说，可日子总得一天天过。

远在新疆的伯父写信来，说别的忙也帮不上，但可以帮着养个丫头，这就意味着她们姐妹仨之中有一个得离开。母亲立刻同意了。那年姐姐十岁，她八岁，妹妹六岁，排起来像个等差数列，家里还有多病的爷爷奶奶。重担原来还有父亲扛着，现在全落在母亲肩上。

伯父的那封信在家里起了作用，她们姐妹仨忽然都格外勤快起来，一个比一个乖巧。从小，她就是个敏感的女孩儿，她想自己被送走的概率只有三分之一。可她没有想到，那年暑假伯父回来后，她成了要被带走的人选。她大哭，她之所以表现得这么好，是因为她压根儿不想去城里，她要留在母亲身边……姐姐悄悄问母亲能不能代替她去，母亲坚决说不，那一刻她觉得自己被遗弃了。她哭哑了嗓子，恳求母亲，当然没有任何效果。她开始恨母亲，她想装出兴高采烈的样子，可跟着伯父走的那天，她哭得死去活来。

从陕南坐汽车到西安，再从西安坐火车到乌鲁木齐，坐了整整三天，她的眼泪就没停过。她一直在想：以后要是回家，怎么找得到路啊？

她一直记得走出乌鲁木齐车站时，她抬头看了一眼天，阳光那么强，她打了一个大大的饱嗝……

在乌鲁木齐待了一个冬天之后，她接受了现实，偷着跑回家是不可能的，虽然老家的地址她烂熟于心。

于是，她安心地待在伯父家，一旦情绪稳定下来，她就是一个好姑娘。老家的山水人物慢慢隐去，隐在心里，她恨，恨母亲狠心遗弃了她。

伯父隔一段时间会写一封信寄回老家，常常是姐姐回信，内容基本一样，只说家里都好。有一回，伯父要她给家里写信，她试着写"我挺好的"，写完之后，她撕了，她不想让母亲看到她写的字。

十三岁那年暑假，伯父带着她回了一趟老家。那么想回家，回到家她却摆出一副冰冷的样子。因为她看见家里多了一个男人，母亲让她管那人叫爸。她咬着牙，不肯说一个字。

她喝不惯家里的水，因为开水瓶里闪着油花。于是，母亲把锅和开水瓶洗了又洗。她想一个人睡，要干净的床单，于是母亲给她腾了一张床。

她的心是滚烫的，却包着坚硬的壳子。离开那天，她是蹦蹦跳跳走的，从回家到离开，她没有叫过一声妈。

　　只是，她默默地把平时省下来的零用钱放在母亲的枕头下，把那双新袜子放在妹妹的枕头下，把那支心爱的钢笔放在姐姐的抽屉里。

　　后来姐姐给她写信说，母亲哭了一场，重复着一句话："等二姑娘长大了就会晓得的……"后来，她上高中那年又回去一次。那一次，她安静了许多，母亲头上已经夹杂了白发，她也想喊一声妈，可嘴巴像生锈了一样。不过那一次她肯叫继父一声叔叔。那年姐姐考上了师范学校，母亲高兴坏了，因为家里终于有一个"公家人"了。

　　后来，老家有人来天山淘金，母亲请那人带了几块腊肉过来，捎话让她考上大学后回去一趟……她回去了。母亲把整整一万块钱交给她，却不肯多说什么，只说："给你准备的学费。"

　　再后来，家里装了电话，日子越来越好了，只是母亲越来越老了。母亲实现了她的目标，她的三个女儿都成了"公家人"。

　　她问母亲："为什么当初不要我了？"母亲说："等你当了妈，你就晓得了。"

　　这些年她想了很多办法来理解母亲，可好像都没用。她还是恨，恨母亲强硬地改变了她的生活方向……就在此时，她当了妈，她很想念母亲，但怎么想，也不具体。

　　第二天傍晚，母亲出现在病房门口那一刻，她以为自己在做梦。跟在母亲后面的还有姐姐和妹妹。她一下子蒙了，只一

个劲儿地哭。母亲伸着粗糙的手抹她的眼泪，直说："坐月子，
不敢哭啊……"原来母亲昨天夜里就出发了，让住在县城的姐
姐和妹妹找车回来拉她，清晨就直奔西安，母亲实在忍不住，
第一回大方地说："咱们飞过去。"她迫不及待地问母亲："当
年你为什么不要我了？"母亲安静地说："没能生个儿子，我
在老家常受白眼。你爸劝我，只要三个姑娘好好念书都成器，
也是一样的。他死了，这事我得办。让你跟着伯伯走，是因为
你抓周时，一把抓了围裙，你姐抓的是毛笔，你妹抓的是算盘，
别人说这是命中注定的。我心里打起了小九九，这老大老小抓
的都是'公家人'弄的事情，只有你抓个围裙，这不是锅前灶
后的事情嘛。我就想，让你到城里去，城里台子高啊，说不定
也会成器。"她眼里含着泪问："就因为这个？"

　　母亲说："还有一件事咧。有一回下雨，我让你们在道场
的地上画以后弄啥，你姐画了带十字的药箱，你妹画了一台电
视机，你画了一把伞。那时咱家墙上贴了一张画，《毛主席
去安源》，毛主席手里就拿着一把伞嘛。我又在心里打起小
九九，莫不是你要成大人物？既然这样，那就让你到城里去，
城里台子高嘛……"她隐隐记得，她画那把雨伞，是因为她不
喜欢家里的破草帽，可是家里没钱买伞。

　　接下来的两天，母亲一直陪着她，总有话说，总说不完。
她忽然明白，那么恨，其实就是那么爱。

　　第三天，回到自己家，她给母亲接好泡澡水，然后掩上浴室门。她听见母亲轻轻叫了一声，她打开门，母亲忽然羞涩地抱住双臂——曾经丰满的母亲，已经干瘪。

　　她说："妈，怎么了？"母亲说："我头一回用这么一大缸好水，舍不得。"她说："那就住在这里，天天洗。"母亲说："得回去，家里还有个老头子。"

　　她再一次落泪，母亲就像一棵水仙，努力地开，开出三朵花。她努力供给养分，等花开美了，剩下的才是自己，那么瘦弱干枯，甚至衰朽。

▶　南在南方，本名毛甲申，1989开始写作，作品散见于《南方周末》《长江文艺》《家庭》《幸福》《爱人》《花溪》《南风》《希望》《婚姻与家庭》等。

为你，我说过多少颠三倒四的话

张丽钧

一天，儿子突然对我说："妈妈，你跟我说的好多话，听起来都是自相矛盾的。"

我愣了一下。是这样吗？怎么会是这样？

嗯，好好想一想，为你，我究竟说过多少自相矛盾的话？

——我说："你要多吃一些啊！"我又说："你可别吃得太多啊！"总企图让你吃遍世上珍馐，又担心你不懂得节制，吃坏了身型吃坏了胃。出差的时候，习惯带一些当地小吃回来，哪怕你在万里之外，哪怕你半年之后才能回家，那也要放在冰箱里，等你回来吃；而当你父亲连篇累牍地往你碗里放红烧肉时，我竟会抢过来一些，怨责道："别给他那么多！"

——我说："你要快点走啊，千万别迟到！"我又说："别走太快，路上注意安全！"希望你永远不是那个在安静的教室外面嗫嚅地喊"报告——"的孩子，希望你无论与谁相约都永远先他一步到达。但是，一旦你消失在我的视野中，我就开始用种种可怕的虚拟场景惊吓自己，担心你遇到不长眼的车，担心你只顾匆匆赶路没注意到前面的一道沟坎。我派自己的心追踪你，告诉你说："孩子，别急，慢慢走。"

  ——我说："你一定要做完了各科作业再睡！"我又说："别熬到太晚，早点休息吧。"我多么怕你把学习当成儿戏，我多么怕你成为一个不争气的孩子啊！面对着"抄写八遍课文"这样的作业，我想说："去他的！别做了！"但话到嘴边却变成了"抄八遍就抄八遍吧"这样没心肝的句子。我好害怕你在抗议中滋长了对知识的轻慢不恭，所以，我宁愿选择暂时站在谬误的一边，看你平静地完成。在大考将至的日子里，你埋头题海，懂事地克扣掉了自己的睡眠。你知道吗？当我说"孩子，睡吧"时，我心里却盼着你回答："妈妈，我再学会儿。"

  ——我说："衣服嘛，没必要太讲究，能遮羞避寒就可以了。"我又说："买衣服，别将就，好衣服能带来好心情。"我读大三那年，曾经被一条骄矜地挂在宣化人民商场的天价咖色裤子折磨得寝食不安……我好怕那样的不安也会来折磨你。我说："没出息的人才会甘当衣服的奴隶。"可是，当我看到你捡徐磊哥哥的旧衣服穿也欢天喜地时，我又忍不住为你委屈起来。当你到异地求学，我嘱你要学会逛服装店，为自己挑几件像样的应季服装。不料，你竟学着我的腔调说："没出息的人才会甘当衣服的奴隶。"

　　——我说："你千万不要早恋！"我又说："遇到个好女孩就该勇于向她示好。"我一遍遍教导你：人生，一定要遵从"要事第一"的原则；人生的每个阶段都只能有一首"主题歌"。所以，在你读高中的日子里，我近乎神经质地提防着每一个和你接触的女孩。当她们打来电话，我会很没素养地劈头就是一句："你叫什么名字？"后来，你赌气般地不再跟任何女孩交往了，我又开始担心你辜负了上苍的苦心赐予。我发短信告诉你说："记得本妈妈曾告诫你：不要在一朵花前过久停留。但是现在，本妈妈要隆重补充：特别卓越的花朵除外！"

　　——我说："孩子，你能飞多远就飞多远吧！"我又说："还有什么比一家人生活在一起更重要的事呢？"我曾嘲笑一个接了母亲班的女孩，说她们母女在单位的公共浴室里互相搓背简直是一道独特的凡间风景。我愿意看你远走高飞，不愿意让你始终窝在这座你出生的城市里。但当你独自沐浴了六载欧罗巴的阳光，当你如愿以偿地拥有了一顶博士帽，我却频频梦见你回归，在梦里，我清清楚楚地听见你说："妈妈，我已厌倦漂泊。"我也清清楚楚地听见自己说："孩子，回来吧，回来了我带你去东来顺吃涮羊肉！"

　　…………

不曾被矛盾重重的想法折磨过的心，不是母亲的心。因为爱得太深，所以才会昧，才会惑，才会颠三倒四，才会出尔反尔。孩子，你可知道？当你走得太快，我祈盼着用爱截住你；当你走得太慢，我祈盼着用爱赶上你。所以，无论我说过多少自相矛盾的话，无论这些话让你觉得多么无所适从，我都希望你懂得我说这些话的出发点与归宿。

▶　张丽钧，中国作协会员，语文特级教师，全国十佳教师作家，全国中考语文热点作家，《读者》等杂志签约作家。多篇文章入选国内、新加坡中小学课本，20多篇文章入选全国高考、各省市中考试卷。代表作有《玫瑰从来不慌张》《蝴蝶的一个吻触》《你的名字里藏着一个海》《我懂你的欲言又止》等。

为什么我们不能成为最亲近的人

碎碎

我妈是个彻底的物质主义者。她所能感知的，只有物质与实利，别的都进不到她心里去。一个缺乏精神性的人，一个不能让人感受到她的精神性存在与精神光辉的人，令人难耐。哪怕我们该是世界上最亲近的人。

一

十六岁时，我在离家千里之外的地方读书。妈搭别人的顺风车去看我。阔别多日之后的相见自然高兴。我带妈和同来的人去学校附近的卧龙岗玩。妈穿着一身藏蓝色的很修身的罗蒙西装，看起来尊贵考究。那时刚流行穿西装，妈一生爱美，永远都打扮得时髦漂亮。遇到卖饮料的摊点，我要求买一盒葡萄汁喝，妈满口答应。一块四一盒的饮料，妈还价一块三。对方说不还价，妈坚持还，对方坚持不松口。双方的脸色都变得难看了。这情形让我感觉痛心又丢脸。以我家的情况，何至于在乎那一角钱呢。还价倒也没什么，但是为了锱铢之利弄坏了自己的心情，那又何必。我在心里失望到了极点，顿觉她那身罗蒙西装扎眼而可笑。

那时我还太年轻，觉得与自己有关的一切都应该是美好的，我们应该努力表现美好，这简直就是生活的第一要义。可是妈妈那么轻易就把事情弄糟，破坏了一切。我永远无法和她就这样的事情交流，因为我知道，在这样的事情上她永远无法改变。

不知是先天还是后天缺陷，在我们看来，妈对一切精神事物都是排斥的，或者粗暴忽略。她有眩晕症，容易头晕。但她是选择性的晕。逛街逛商场，跳广场舞，一连三四个小时也不累不晕；但是看书看报纸，不到十分钟她就说头晕。她的精力与注意力，关注不了任何与吃穿无关的事物。我们总是会想，她为何不能像别的母亲那样贤惠，那样温柔，那样明事理，那样说话节制，那样处事有水平……血肉情缘，其实也需要精神的支撑。

二

我读初三那年，周末的一个夜晚，我趴在自己房间的书桌上写日记。日记本是好朋友送我的生日礼物，一个很漂亮的软皮本。正写时妈突然推门进来。面对不知道敲门，也不可能敲门的像天兵天将一样突然现身的妈妈，我飞快地把日记本合上往抽屉里塞。我的反常动作更加引起妈妈的注意。她走上来要看我在写什么。

"不行，这是日记，你不能看。"我护紧日记本大叫起来。

"屁大点的孩子，有什么见不得人的，我非要看看。"妈不由分说。她奋力抢夺，我坚决不从，两人互不相让，都感觉自己真理在握。撕扯中我被妈妈推搡在地，头、脸和胳膊都挨了打。我们都使出了自己平生最大的蛮力，但是胳膊拧不过大腿，体力远在我之上的妈妈把日记本夺走了。我倒在地上痛哭，直至浑身冰凉，眼泪哭干。

日记里写的不过是学校里的一些琐事，诸如中考刚结束的快慰，分享到同桌的一包饼干的快乐，某个老师批评学生的措辞。妈妈看我捍卫日记本那样刚烈的态度，还以为日记里写有生怕大人知道的惊天秘密，比如早恋之类的，没想到看到的只是些鸡毛蒜皮，她不知是失望还是庆幸，悻恼地把日记本扔到我面前，鄙夷道："这有什么见不得人的。"

夜深了，熄灯后我躺在床上，睁着眼睛感受潮水一样无边的黑暗，真想一死了之。

我听到了另一间卧室里爸妈嘈嘈切切的说话声。他们一定以为我早睡着了，他们无法想象一个孩子无法补缀的内心。

第二天的太阳照常升起。一夜之间，我却已由少年走向衰老。

三

后来我家发生了一件更大的事。

妈妈在我哥房间打扫卫生时发现写字台上的墨水瓶倒了，墨汁流到了没关严的抽屉里，她打开抽屉清理时发现了里面的两封信。

一封是在外地读中专的哥哥的女同学写给哥哥的，一封是他给她的回信，只写了一半，但已经满纸的热烈。

妈终于捉住了自己正读高中的孩子劲爆的秘密：他在她眼皮底下写情书，在早恋！她看不到情书的字里行间所流露的那份刚刚发芽的稚嫩情感的美好，以及这种情感给予他们彼此的鞭策与激励。

如临大敌的妈妈捏着两封信去了哥哥的女同学家，迅猛地剿灭了这一切。事后，妈对此有着猎人捕获猎物般的完胜心理。

这种心理需要扩大化，需要与人分享，所以好多亲戚甚至邻居也都知道了这事。哥哥后来变得消沉而焦躁，性情也变得日益顽劣和粗暴。

哥哥是家里的独子，之前家人亲友都很看好他的前程，都相信他确凿无疑是要考大学的。但是，在一年一度的征兵季到来时，哥哥坚持去千里之外的地方当兵。

哥哥那时候还很爱读诗的，也尝试着写过诗，还往《星星诗刊》上投过稿。他嫌自己的字体不好看，让我帮他誊写一遍。我心怀虔诚一笔一画地把他的诗抄写在方格纸上，看着他把信纸塞进牛皮纸信封里。

如果哥哥的情书没有被发现，少年的秘密被保全，哥哥很可能会成为另外一种人，有另外一种命运轨迹——去异地一个大城市上大学，读他感兴趣的一个专业。然后在远方的城市工作，意气风发。他会和他心爱的姑娘历经种种奋斗后生活在一起，一起酿造生活的蜜糖。

在部队待了两年多，哥哥最终又回到妈妈眼皮底下生活。家人为他安排了一份不错的工作。作为独子，家里应有尽有都是他可享受的，有人介绍县城最漂亮的姑娘做了他的女朋友，但是他依然不快乐。我们眼里的他性情暴烈急躁，做事没长性，爱撒谎，有几年还经常赌博。

一个在自己成长过程中无法感受和领略美好的人，他也无法制造美好。我想，大抵如此。

后来看到作家刘墉在书里写道，在他孩子十六七岁的时候，他每次回家上楼梯的时候，都会故意发出很大声，想让楼上的孩子听见。这样孩子如果正在做什么不想让父母知道的事，可以早做准备。

这个细节让我很受震动，怔忡良久。原来，做人还有这么一番挺括自在的天地。他的孩子心里该有多松弛，多完好！

四

这么多年来，每次回老家，妈最惦记的，依然还是想方设法做各种好吃的。吃是永远的主题，几乎也是唯一的表达。哪怕她深受其累。

我每次回去住的几天时间，每顿饭菜她都准备得太多了，经常会有一半甚至一大半因为吃不完而倒掉。那么辛苦地把它们买回来择洗烹饪，好像就是为了最后把它们倒掉，这或许也是过剩的母爱的表现方式。面对那些被倒在泔水盆的饭菜，我们都会有犯罪感与虚空感。她知道这样会令我们不快，会指责她，便会在饭桌上奋不顾身地劝菜劝饭。她的惯用招数是，趁我们不在意时舀起一大勺肉和汤放进我们碗里。或者我们已放下筷子了，她坚决又给我们再添一勺饭。这种不由分说的强迫，常常会把我们弄得颇为恼火。再好的东西一旦成了强制，也会成为梦魇和负担。

表达对人好，表达爱的方式，首先应该让人感觉适意，尊重对方的意愿，而不是一厢情愿地强加。哪怕是一家人，哪怕是在最无关紧要的事情上，也该如此。但是妈一辈子都没学会。她只会以她以为的好的方式对待我们。

这是内心贫穷的表现，也是人生贫瘠的证明。说到底，是我们重视肉体，放大肉体，却轻视精神，缩减精神。有那么无微不至的身体关怀，却缺乏足够和有效的精神关怀与心意相通。

每次在我临走的前夜，她都会带着满怀的懊丧说："哎呀，你这次回来，我想和你好好说话的都没时间，光顾着做饭了。"

这样的话真是让我又灰心又绝望。

妈妈，这个世界上最温暖最有重量的词语，最贴心最有归依感的词，成了我们心中竭力挣脱却又无从挣脱的对象。

五

妈妈一天天地老了。

六十岁后的她见人就爱谈她的病，就像她习惯于入侵别人的私密一样，她于别人好像也不必有任何私密。总挂在她嘴边的那些病与烦恼不适，成了她乐于示人的精神徽标。她越来越严重地容易对周遭世界感觉不适，对别人感觉不快，总是陷入连篇累牍的抱怨，其深广的怨气犹如不停释放的毒气，让人难耐。直到，把她身边人的耐心耗尽，陷入比她更深的抑郁。有的人，就是没有能力让自己感到幸福。

因为对她人生趣味与行为方式的不认同，我也早已不看重不关注她的内心，任她感受无滋无味，苍凉地跌进深不见底的无价值与无意义中去。我一直拒绝让她知晓我的内心，因为我不相信她能理解我，理解那些幽微暗沉。多年来，我很少给予她温暖明亮，因为常常只能被她的负面情绪和负能量打击得奄奄一息，所以就索性听任我们之间的坚冰愈积愈大。

有一天，妈妈一大早从老家给我打来电话，说她前一天晚上一夜没睡着觉。我问为什么，她说昨晚才听我哥说，我已经离婚几年了。"你怎么不跟我们说呢。"她的声音抖了，那是竭力忍住的哭腔。

我拿着电话，感受着她对我的顾惜，我们曾经的隔膜似乎在那一刹那间打通。我不知该说什么，眼泪也突然崩落。

到底是母女连心。哪怕，我们并不一心。

六

我们无法选择母亲，就像母亲无法选择她的孩子。一切都是冥冥之中被注定的。作为母女，我们甚至无法选择不爱。只有爱，与被爱。

每每我也会自问，一个不能和自己妈妈处好关系的人，还能和谁处好关系？怎么说，这样的人都很可疑吧。

我曾经反感她身上的种种，现在我常常在自己和兄姊身上也发现了。比如，做事简单粗暴，情绪容易失控，说话重，爱伤人，好抱怨……发现这些着实令人恐慌。

但是，我还是希望自己心中充盈有爱。那是不管对方怎么样，不管遭遇的世界怎么样，依然拥有爱和体恤的能力。

妈妈，她肯定也是我或多或少的另一面。

我不知道经由妈妈，我会变得更好还是更坏，更柔软还是更冷硬，更美好还是更无力，更积极还是更消沉。但我已经相信，这一切都可以并不在她，而在于我。

一切，都是命运的馈赠。

▶ 碎碎，文学硕士，某出版社编审。发表小说、散文、诗歌、评论多篇，
   出版散文集《别让生活耗尽你的美好》《无限悲情，无限欢喜》。

焦虑的沙发

张佳羽

　　毫不夸张地说，在二十四岁之前，我几乎没有和我爸坐过同一张沙发。即便不需要交谈，只是一起漫无目的地注视着电视，我也会在五分钟之内感到不自在，以各种理由借机离开现场。

　　在我小时候，我们家的沙发很小。如果我爸妈已经先行落座，那就意味着我的加入会使我们不得不紧挨着彼此。无可避免的肌肤接触让我能清楚感知到我爸妈的温度。与此同时，我也会敏感地捕捉到我爸的情绪。

　　我爸对"知识改变命运"深信不疑。他学生时代所有的闲暇时间都在地里帮我爷爷干农活。正因为与天地纠缠了一生，我爷爷总警告他："如果不好好读书，你的人生就是面朝黄土背朝天。"我爷爷没意识到，这句话的巨大威力会波及我，以至于在早已脱贫迈入小康的二十年后，我爸还是会对我浪费时间玩乐感到万分焦虑。

小时候的我对电视框里闪现的一切都充满了好奇，用我妈的话说就是没有我不感兴趣的节目，没有我背不下来的广告。确实如此，除了新闻节目，我都爱看。为了防止我玩物丧志，浪费时间，我爸会让我在新闻联播时间背对着电视吃饭。

但是，没有成段的时间看电视并不会打击我的热情。小孩子总会使出全身力气，抓住一切机会满足自己。每晚九点，我妈会叫我吃水果。话音未落，我已经黏在沙发上，抓起小碗，漫不经心戳着碗底，饥不择食地盯着电视。哪怕是养生节目，我也能看得津津有味，人家说到什么穴位，我还会跟着摁摁。

这一切被坐在一旁默不作声的我爸尽收眼底。今天吃的是半个苹果，正常只需要五分钟。于是，他心中的倒计时悄然开始。俊男美女好不容易打破矜持相约见面，男生提前赴会。他焦急地等待着，我也焦急地等待着。女生好不容易穿戴整齐，我目不转睛，心中的浪漫之花含苞待放。此时，耳边忽然传来一个冰冷的声音："怎么还没吃完？回房间去吃。"

半块苹果还含在嘴里，我的期待被彻底浇灭。起初，我还会使用拖延战术，不死心地向我爸求情，费力祈求说就剩一两块了，今天的苹果太冰了；要么我就赖换牙，不太好嚼苹果。我爸当然看穿了我那芝麻大点的心思，也不与我多废话，默默地调到新闻频道，暗示我自动离开。人总得有点眼力见，久而久之，我的不甘心就转化成了我和我爸的默契。只要他佯装咳嗽一声，我就知道，五分钟到了。

如果说在我还小的时候，沙发意味着放松，那么在我不再痴迷电视的少女时代，沙发就意味着焦虑。很长一段时间，我都特意避免和我爸坐在一个沙发上，尤其是在他应酬完，能借着酒劲说些真心话的深夜。

有人说，酒后吐真言；也有人说，不要和喝完酒的人计较，他们酒后说的话自己都不记得。十几岁的我常常不知道该相信哪种论断，因为对一个好强自尊的女儿和一个含蓄传统的父亲来说，平时一个月说的话都没有酒后一次"交流"多。

从我上了初中开始，我爸就一直担心两件事。一个是全世界家长都担心的成绩下降，另一个就是早恋。平时我们俩一直相安无事，他也不会过问我的学习细节，只要知道我依然保持前列就行。只要成绩不下降，他也不会往早恋上想。

但清醒时的太平会被酒劲渲染出的紧张打破。每当在饭桌上听其他父亲痛心疾首儿女学习成绩骤然下降，还与异性交往密切，我爸心中的隐忧就会被点燃，犹如广袤森林中的火种，看似深埋心底，实则波及千里。

于是，明明是别人的现在，在我爸的脑海里偏偏变成了我的未来。明明与我毫不相干，我却会被无辜牵连，被禁锢在沙发上，听他重复那些我已经能默背的唠叨：如果不好好读书，我连现在的生活都过不上；要是敢早恋，我绝对会被赶出家门……

大多数时候，我会坐在和我爸相对的沙发上，以一种会谈的姿势面无表情地看着他，嗯嗯啊啊搪塞过去。可在青春期里，他的质问有时会引来我的冲撞。

那时候，我刚经历了文理分科，成绩起伏较大。上一次考试还位居年级前十，下一次就跌至五十开外。那晚听到我爸叫我名字，我知道我的麻烦来了。果然，我才刚落座，还没解释什么，我爸满脸通红，咬牙切齿地指着我："你怎么回事？你是不是谈恋爱了？"

我摇摇头，试图心平气和地解释我涂错答题卡的事情。可惊怒至极的我爸什么也听不进去，只顾问我每天在和什么人聊天，是不是没心思学习。我妈在旁边劝我爸放宽心，并拍胸膛作保我一定没有谈恋爱。可惜，我爸什么也听不进，他只怕自己最担心的两件事同时发生，我在自毁前程。

现在想来，那当然是担心和关心。可在当时的我眼中，无异于巨大的不信任。我无法安坐在沙发上听我爸的指责，学业压力招致的委屈敏感在深夜无限放大。那一次，我倏地起身，对我爸大吼大叫，声嘶力竭地反驳。紧接着，泪水在身体背离沙发的一瞬间控制不住地落下，我拼命地跑回房间，把一切通往我内心的门全部反锁。

　　我爸先是一愣。意识到他的权威遭到了挑战，他也调高音量，大叫我的名字，命令我立刻回到沙发上。那一次，我没有回头，任由他在门外发飙生气。

　　此后很长一段时间，在我心里，但凡是和我爸一起坐在那张沙发上，一定是我最近又做错了什么，让我爸有错可挑了。我比从前更努力地学习，狠狠扼杀了快萌芽的校园恋情，就是为了远离那张沙发和让我感到窒息的质问。

　　我知道这不是一种良性的关系，但表面的和平还能继续维持，我就会下意识地逃避问题。只要减少沟通，就能减少摩擦。这样的状态直到今年年初才彻底无法继续。连续的加班让我疲惫不堪，在终于结束了一个案子后，我合上了电脑，把不听使唤的身子窝在沙发角里。

　　"工作都做完了？"我爸不知道什么时候坐到我的旁边，和我保持着一个微妙的距离。我下意识地坐直身子，把脚伸进了拖鞋里，两手搭在腿上，一本正经地坐着。

　　"嗯，总算做完了。"鬼使神差地，我又补充道，"我才来的，就是歇一会儿。"

　　此言一出，我和我爸同时愣住。毕业后，我爸从没对我的工作发表过任何意见。平时他只会和其他的父母一样，问问我最近忙不忙，今晚要不要加班。他知道我好强，平时总劝我要注意身体，不能透支自己。而如今这个下意识的回答，属实是有些伤人了。

我张了张嘴，不知道该怎么补救。倒是我爸拍了拍我的肩膀，"累了就看会儿电视吧。最近在播你喜欢的那个演员的剧，他叫什么来着？演得还挺好的，我和你妈都在看。"

他也不离开，坐在那里削苹果给我吃。我调了台，却没认真看，余光一直瞥着他。不知道什么时候，我爸的鬓角开始变白了。

父母究竟是什么时候变老的呢？想起去年教我爸用软件买票，他始终没明白怎么登录。我在众亲戚面前急了，"都说了你得看信息，怎么这都不明白？"一瞬间，亲戚都看向我们。我以为我爸会因为失了面子而生气，没想到他只是无奈地笑笑，接着问我："然后呢？"

这些年，我一直没学会怎么和我爸沟通。小的时候，鸡毛蒜皮的事情都想分享给爸妈，可我爸说食不言寝不语，坐在沙发上也只能专注吃水果。于是，我在家里乖巧安静，却在上学的路上对着妈妈说个没完。长大了，却也依旧是个学生。相安无事已是不错的局面，怕就怕焦虑的父亲碰上敏感的女儿，火星撞地球。

于是，面对爸爸发出的和谐相处的信号，我的第一反应竟然是不适应。毕竟，从前的我坐在沙发上都带有目的，我们从不会同时无所事事地坐在沙发上消磨时间。

　　其实如今的我早已明白，如果没有我爸的严厉，我不会有今天这样舒适的生活。因为他深有体会，所以希望我能意识到时间的宝贵。可是，倘若我们的沟通方式能是更柔和的，也许我不会赋予沙发这么多负面的含义。沙发明明是软和的，语言为什么一定要是僵硬的呢？

　　最近，我特意改变了一吃完饭就回房间待着的习惯。有时候，我会溜到我妈旁边一起洗碗；有时候，我就在沙发上四仰八叉，等着我爸散完步回来。有时候，我们会一起吐槽《爱情保卫战》；有时候，我就窝在沙发里玩手机。如今，就算我坐没坐样，在沙发上神游，我爸也只会呵呵一笑。我也不再在共处时感到局促不安，而是时不时说个冷笑话逗我爸这么古板的人笑笑。即便是家人，也得认真学习在同一屋檐下自然相处、顺畅沟通的秘诀。我想，这堂人生的必修课，我还需要学习很多。

▶　张佳羽，1996 年生于甘肃兰州，中国作协会员，鲁院第 34 届高　研班学员。在《诗刊》《美文》《读者》《意林》等发表作品　130 余万字，中学时代 40 余次获全国金奖、一等奖，蝉联第一、　二、三届"甘肃儿童文学八骏"，出版《最女孩》《我的绰号我　的班》《千面好男生》《才女升学记》等书。

如果你有一个跟自己性格不搭的小孩

赵奋斗

刚来美国的时候，有一次跟妈妈出门办事，经过一家中餐馆，妈妈说："那个谁谁谁就在这里，走，进去打个招呼。"

我一脸茫然地问："为啥？"

她催我快一点儿下车："就是进去打个招呼。"

我还是没听懂。为啥要打招呼？难道打了招呼以后来这里吃饭能多给半碗酸辣汤吗？

我硬着头皮跟我妈进到店里，叫了声阿姨，腼腆地微笑着，回答了在哪儿读书、想学什么专业等问题。"不不不，没有男朋友。""喜欢啊，挺喜欢这儿的。""阿姨看着比我妈妈年轻多了。""好呀好呀，以后会常来的。"

从店里出来后感觉被扒了一层皮，好累。

我妈不觉得跟人说话是件耗费精力的事情。她跟朋友打电话聊天时，我若是出现了，她总会开心地招呼我："快过来，我和阿姨在打电话，过来说两句。"

在我妈看来，聊天就像她刚吃到一颗好吃的糖或看了一个好笑的段子，都是必须拉着我一起体验的好事情。

我跟我妈实话实说："我不喜欢跟人说话，太耗精力了。"

她很体谅地拿自己作为例子激励我，说她年轻时很内向，但因生活所迫，不得不到处跟人打交道，慢慢就锻炼出来了。"你看我现在就很好啊。"

我说："人和人是不一样的，你是内向的外壳里包着一颗外向的心，被生活磨掉内向外壳后，自然就露出真实本色了；我是内向的外壳里包着一颗超级内向的心，每磨掉一层都只会更内向、更退缩、更讨厌跟人说话。"

我妈听不懂我说的话，不知所措地看着我。就像我不理解她为啥要没事跟别人打招呼一样，她也不理解我为啥这么讨厌跟别人打招呼。

仅从性格上讲，我和我妈是完全相反的两种人。我内向，她外向；我讨厌变化，她巴不得天天都能体验新事物；我可以宅在家里几天不出门，不跟别人说一句话，她宁可风餐露宿也要满世界疯跑。这样不搭的两个人居然被安排到一起做了母女，只能说造化弄人。但神奇的是，我们一直相处得很不错。

年轻时觉得理所应当：她是我妈，我是她女儿，性格再不同也是一家人，相处得好是应该的。直到有了孩子，我才慢慢意识到，去爱一个跟自己性格不搭的小孩，需要花挺多额外的精力。

我的两个小孩小时候都问过我为什么要生宝宝。我的回答是："因为妈妈想要生一个像你这么好的小孩，所以就生了这么好的小孩呀。"

这话听起来很无赖，其实是真心话。女儿得意和儿子洋相在性格上应该算是我和老公有剩的中和：他们在社交上随有剩，自信、主动、擅长表现自己，同时又继承了我的一部分敏感和细腻，在很多事情上能迅速感受到别人微小的情绪变化。所以，这两个小孩性格里的优点是我喜欢的，缺点是我能理解的。在我和有剩有限的基因基础上，他们长成了我所能奢望的最好的样子。

但正因为如此，我有时候会忍不住想，我妈怀我的时候是希望要一个什么样的小孩呢？应该是想要一个像我爸那样高大、擅长体育的男孩，或者一个像她那样五岁开始读书、思维敏捷的女孩，又或者至少希望这个孩子开朗、外向、落落大方，跟她性格比较搭吧。可惜我哪一样都没有。

我从来没问过我妈有没有对我失望过，因为我知道她一定会说没有。

　　她不承认对我失望，只因为她是我妈，是这个世界上最不能对我失望的人。为此，我很感激她能让我一直安安心心地内向着，从不想要向谁证明什么。

　　事实上，我是如此的心安理得，以至于偶尔老太太想跟朋友炫耀女儿或者外孙外孙女时，我都会既不耐烦又觉得无聊，尤其是在我写微信公众号文章这件事上。

　　刚写微信公众号文章时，我压根儿没想过要让家人知道。没有什么特别的原因，就是觉得默默写文章会更自在。

　　我妈是从别人那里无意中看到我的文章的，她通过内容猜出是我写的，随后看每篇文章后的留言，若干次看到我在留言里信心十足地跟读者说："我妈不知道我开了微信公众号，我们家没人知道。"于是，她一边装作不知道，一边向人推荐我："这是我闺女写的文章！"

　　过了好久我才知道这件事，真是又羞又气，既有一种日记被家人看了的尴尬，又有一种我一把年纪了居然还斗不过一个老太太的郁闷。

　　我恼羞成怒地说："你可以自己偷偷看，为啥要跟人说我是你闺女？我不想让人知道我是谁。"

　　我妈很蒙，不明白我为啥写几篇微信公众号文章连妈都不认了。她很委屈地跟我解释，她只是向身边几个朋友和老同学推荐过我的文章。想了一会儿后，她又困惑地加了一句："写微信公众号文章也不丢人啊。"

我说："算了，说了你也不懂，总之你以后不要再说了。"

都说家人之间最重要的是互相理解，可我妈不是很明白她这个闺女到底是怎么回事。她对我的理解仅限于四十多年前我是个内向别扭的小孩，四十多年后我是个内向别扭的阿姨。至于我遇事时为什么会有这样的反应和那样的决定，我妈并不清楚，也想不明白。

她之所以稀里糊涂地接受并配合我，跟理解无关，只是理所当然地觉得我一直就是这样吧。所以当她跟朋友聊得很开心，让我也在电话里说两句时，见到我摇头摆手、气急败坏的样子，便收回电话跟朋友说："这孩子上厕所去了。"当我写微信公众号文章像做贼一样不肯让人知道时，她虽然搞不懂原因，却很配合地假装不认识我，默默地在公众号里留言，第一时间为每一篇文章点赞。以至于我每次跟她吵架后，都会通过她有没有为新文章点赞来判断她是不是还在生我的气。

我前阵子被拉入一个微信群，赫然看见我妈也在，立刻私信她："群里有没有人知道你认识我？"她断然否认："没人知道我认识你！"

随后群主向大家介绍了我，有看过我文章的群友说很喜欢我的文章。在一堆信息中，只见我家老太太非常矜持地跟了一句："我也很喜欢赵奋斗。"

▶ 赵奋斗，自由撰稿人。

真实的孩子

余烈

真实

从一开始，她就是个真实的孩子，富于人性的真实、情感的真实和丰沛的自我，是人之善与人之恶皆完备的幼小灵魂。作为一个普通的母亲，我注定会辜负她。就像她三岁多的某一天，跟我在沙发边玩耍嬉闹的时候一不小心没站稳，滚落到了沙发底下，她自己站起身来爬上沙发，一边笑着，一边叹气抱怨："哎呀，你这个妈妈呀，太不像话！"

襁褓宇宙

她来的第一天，被裹在襁褓里递到我手上的时刻，托着她六斤八两的身体，双手毫不迟疑地感受到了与自己相仿的生命热度。虽然隔着毯子，但那温热让我心跳加速，泪水瞬间充满了眼眶。我的脸凑近她的小脑袋，仿佛一个饥饿的人，贪婪地嗅——这是一个新鲜的小肉体，浑身上下没有一处风刀霜剑的痕迹。现在她首次暴露在氧气和二氧化碳之中，散发出沁人心脾的香甜。昨天她还在我肚子里踢踢打打，因为无法施展拳脚而气恼地翻来覆去，今天终于顺利地赶到早就安排好的摇篮里，从此占据了一方天地。她是如此不容小觑，她肆意挥洒着自己的时刻表和晴雨表。面对她那无法揣测的能量宇宙，我手忙脚乱，深感自己的渺小。

舌头

抚养过她的长辈们都跟她的舌头亲密接触过：进入婴儿的口唇探索期，她时常抱住大人的脑袋津津有味地啃鼻子，一边咯吱咯吱笑个不停。她的舌头湿漉漉、热乎乎，呈现出健康的粉色，还有一股好闻的淡淡的奶味。被她搂住的头几秒钟里，每个人都感受到温软甜蜜的冲击，但瞬间大家又都恢复理智，立马忙不迭地把她的双手扒拉开——这并不是嫌弃她的舌头或者唾沫，而是担心自己落满了人间灰尘的鼻子对她的舌头来说太脏了。

撒谎

老人一再说，孩子从不说谎。我深信不疑，但孩子什么时候不再是孩子、孩子什么时候决定以谎言维持自己孩子的身份，却难以拿捏。出于对失去的恐惧，出于对得到的渴望，出于对责罚的惊惧，出于……一切可以摆弄一个小人儿的想法。

但我面临的局面是，她总是撒谎，谎言就像小溪流水，自然而然地涌出。自然而然地，我也完全可以理解她的每一个谎言……总而言之，她并不是惹来左邻右舍、亲朋好友交口称赞的那种乖娃娃。对于一个天性强烈的自然人而言，绝大部分的规矩都显得多余。她每次撒谎都是在"破四旧"。同样，规劝也显得非常多余。与"规"这个字相关的一切，都是她反抗的——规则、规矩、规定、规章、规条、规诫……

光是想想这件事，就让我充满了巨大的对前景的恐慌。我曾经是一个那么循规蹈矩的孩子！如今看起来倒像是我把"谎言"的糖果藏在了一口深深的罐子里，从来也不吃，珍藏多年然后悉数传给了她……人类的悲欢的确并不相通，我作为一个普通的母亲，丝毫不理解人类在幼年时期用谎言编织出的生活乐趣。

记仇

　　妈妈要为家里购买一台电视机。这是一件大事。需要步行几公里山路前往起点站搭最早的一班中巴车去县城的商场，精心选购、调试，再尽量赶末班车回来——如果赶不上，就只能想方设法搭乘熟人的拖拉机回来，少不了还要扛着全套设备走最后的几里路。平时妈妈去哪里都把六个多月的她抱在手里作为母亲身份的自豪宣示，形影不离。她不重，并且在随后的十五年里一直都是一个矮小的女孩。这一次出门要扛货物回来，她必须独自出门，于是她在睡梦中被留在了爷爷奶奶的被窝里。天亮了，又暗了，她哭了好几次，肚子饿的时候只能反反复复喝几口糖水。妈妈终于在朦胧夜色里现身了。她走进房门，第一时间向小姑娘张开双臂，打算好好补偿饥饿的女儿。女儿回到了妈妈的臂弯里，但就在妈妈掀开上衣的瞬间，她决然地扭开了小脑袋，决定饿死也不喝——三十多年前的这件事屡屡被妈妈提起，"记仇"成了我的一个标签。

　　她会不会也这样？要不要试试？但这种念头出现的瞬间，胸口就感受到一阵刺痛。是我离不开我的女儿，而不是相反。断奶的日子来临以前，我没有一天离开过自己的婴儿，虽然奶水并不充沛，幸运的是女儿并不纠结到底是母乳还是奶粉。她很明显具备某种开阔的迹象，我常常感到不可思议，这是来自自己的血缘吗？

天线

当她一岁多一点的时候，我曾带她到办公室陪我工作。办公室里的人不少，喜爱孩子的女士居多，大家都围过来看她。她在这围观群众中仰起头，果断地伸出肉乎乎的右手，向一个五官嶙峋、戴黑框眼镜的四十岁男士示意握手。对另一个育有双胞胎的女同事却视而不见——这截然不同的待遇让所有人都觉得很意外。几年后，我问她，你怎么分辨得出来，谁喜欢小孩，谁不喜欢？她说，那些用眼睛瞥我们的人，那些冷漠的人。那你怎么知道谁冷漠？

她说，那些脸上有一堆乌云的人。那一刻，内心翻涌出来一股庞杂的感受——如此说来，当初那个握手的选择并不是随机的，她用幼年人类特殊的天线找到了正确的答案。办公室里的同事们都清楚，那个拥有两个孩子的女同事恰恰是最不喜欢孩子的那一个，她只是完成了自己的繁育使命。

善与恶

一个孩子过于聪颖早慧，在其他方面必然存在一些隐忧。过早感知到善与恶，可能就是其中一个的副产品。人们常说我禀性纯良，尤其是小的时候，那时候我们都笃信老师和书本，张嘴即可成诵"人之初，性本善"……如今我依然可以这样概括我自己——我是一个从不主动作恶的孩子。

但我现在已近不惑之年，早已在内心深处悄悄调整了善恶的标准。"性本恶"并非恶，强调的是"本"。我相信这是人类乃至所有生命体的本能，所以我允许她有自己的"恶"。困扰我的唯一问题是，她的"恶"是不是有点太多了……

模仿

她时常双手叉腰，抑扬顿挫地大声批评她的猫："坏崽！你看看你都做了些啥？"每回听到她清脆婉转地叫唤"坏崽"，一股由衷的甜蜜和快乐从心底涌出——这是我跟她嬉闹的时候经常使用的称谓，一边嗔怪她是个坏崽子，一边作势拍打她的屁股，或者追赶她。她总是笑得很开怀。她很爱这只圆眼尖耳貌似狐狸的小猫，如同我很爱她，而她也深深地明白我对她的爱，都在这"坏崽"的嗔怪语气里——崽崽虽坏，依然是我的心头之爱。

对爱的模仿才是最好的模仿，不是吗？我是一个如此平凡又无意于让儿女成龙成凤的人，我在育儿上面不可能有太多拔高或者创新的地方，我的奶奶、妈妈、舅妈、姑姑甚至邻居是怎么抚育孩子，我浸染其中至少也承继了大半，如此随缘随性，也因此多多少少有些泥沙俱下，最大的慰藉或许就是可以在育儿岁月的沙子里筛拣出星星点点的金子……

自主

"不！""我不要！""我不想！"——自从她开口说话以来，我就开始跟这三句话展开了无止尽的斗争。这里没有半点"甜蜜的负担"之感，只有无尽的疲累和心力交瘁，更别提她开口特别早，一岁多一点就伶牙俐齿，词汇量的储备一日千里地进步着。这也就是说，从她不到两岁起，我就开始应对一个特别爱说"不"的孩子。

她说"不"，有时候并不是真的拒绝，只是习惯使然。语言产生的力量中，她把"支配"运用得十分到位——敢于拒绝她的人，她会"谈判"，例如外婆和爷爷；惯于臣服她的人，她就支配，例如外公和奶奶。我经常被这些琐事激怒。在任何一件小事情上，她有自我意志的表达，哪怕用什么样的勺子吃饭，蒸鸡蛋要怎么蒸，苹果和梨子用什么样的顺序去吃完……有时候看得出来，她只是想要惹是生非。

　　她和我是作为一个女儿的正反两面，在很多方面，这件事显而易见。这是两种互为补充的人格。在一个人身上短缺的，必定在另一个人身上丰盛；一个人习以为常的，另一个人鲜少涉足；一个人趋之若鹜的，另一个人则波澜不惊。有时候这也体现在同一种特质的不同表现形式上面……

　　岁月因为这样那样的互相磨损，并不会变得闪闪发亮。育儿的艰辛过后，也并不全是回报，回想起来酸楚居多，甚至不愿意过多回想。任何形式的心灵鸡汤此刻都失去效用。我逐渐失去耐心，变得易怒、消沉、疲惫。经过长久的斗争，我为她树立了这样一条原则：可以不配合，但要说出自己的意见。我想这差不多可以说是我的最后一道心理防线了。自主是不是就是这样？不应计较于破，而在于立……

独立

　　难以严格地区分，独立与自主这两种特质。它们应该是一枚硬币的两面吧。但是怪事，她似乎更愿意表达自主的意愿，而非独立，可以依赖他人的事情，很少自己动手；自己不感兴趣的事务也很少主动承担，这其中包含劳动……种种行状在脑海中拼凑在一起，只能不无羞愧地承认，自己恐怕是没有完成"独立"的教育，这方面没什么大惊小怪，她就像大部分普通的独生子女一样，仅仅是被惯坏了。

对抗

对抗可能是大多数孩子的主要生活内容。她身上的所有人类属性日复一日地在折磨着我——一个新手母亲，一个对凡事都抱有无所谓心态的低收入职业者，一只内心隔绝的冷血动物，一个被动参与日常生活的人。

我对这些天性并非没有感知，当我年幼的时候也曾对这些抽象的概念感到心跳加快：模仿、讨好、威慑、对抗、反叛、占有、自由、独立、群体……它们的表现形式至今仍历历在目，我感受过，体验过，也亲身参与过……依照事物发展的规律以及基因的力量，在这个过程中我很快就变得胆小而收敛，与此相反的是，我的女儿似乎在这条道路上从一开始就是胆大妄为的。

她一开始就不承认成人社会的标准，她自己制定仪轨；她在大大小小的团体活动和组织中间，惯于控制局面，制定规则。当她还小的时候，我在这方面多少有点羡慕她，她在集体生活中如此恣意、如此充分地表达自我；随着年龄的增长，我开始忧心忡忡，她看起来变化不大，她支配世界的实践越来越需要用准绳来引导。

日复一日，我的生活就像在布满暗沼的草原上放牧牛羊。每天清晨准备早餐，将她送到学校门口，胆战心惊地预备迎接这一天的考验，不知道等待我的将是什么。那是一种苦涩难言又无处可逃的心情，而这样的苦涩只有在睡前结束一天的学习和训练才会暂停。有时候焦虑和忐忑甚至会延伸到睡梦中。尽管我知道，让我备受困扰的大部分都是极其自然的天性发育。我受到了极大的折磨，但可能都是毫无意义的。它们像潮汐，会消弭，会汹涌，来去有定时。反过来说，虽然因此而受到折磨毫无意义，但是折磨就是折磨，痛苦就是痛苦，身为人母的痛苦中尤为痛苦的一项就是无法预测这样的潮汐何时退去，暴风雨何时平息。

某个夜晚，结束了一天的战斗般的学习、规训和争执，小姑娘洗漱完毕钻进卧室，转身又掀开粉红色的帘子钻了出来。她走向沙发上垂头丧气的我，甜蜜地微笑着，张开双臂拥抱我。她细长的胳膊环抱着我的脑袋，垂下头贴着我的头发，手指头像弹钢琴一般温柔敲击着我的肩头。我也紧紧地抱住了她，我们轻轻拍打、抚摸着对方，谁都没有说话。

孤独

我从来没有感受过孤独。我可以独自在山野里漫游一整日，不需要谁的陪伴。

春夏之交，正午的气温逐渐升高，禾苗、杂草、树叶……所有绿叶植物的呼吸与泥腥味交织成热腾腾的气息，路过菜地，这股气息里就掺杂着人类粪便的臭气，转到山坡上，这股气息里就突然加入牛粪味，茶树林附近，甜味转浓，井边，流淌的水气变得清凉。我老老实实地置身光合作用之中。

冬天，泥沼一般的水田经过收割和放水，已经变成了干泥巴地。这是天然的游乐场。从梯田的山顶一级一级跳下去，是从天上蹦入地下的快感，是人与风之间的追逐，是气流的形状，是速度，也是重力。是身体的前进与声音的后退，是热烘烘的青草香大团大团扑进肺叶的绿意，是双足重重踏在泥土上的啪啪声响，是四处飞溅的白日流星，是垂直于田埂的弧线。或者，仅仅只是沿着细细长长的田埂往前走，像探索一座枯燥的迷宫——走到底，看看尽头那户人家住的是谁？

所有的时刻中，我很少说话，但不说话不是孤独的缘由。我的伙伴很多——蚂蚱、螳螂、田鼠、小牛崽、小螃蟹、小虾米、山茶花、蛇莓、小蜜蜂、小鸡、小鸭、小蝌蚪、癞蛤蟆、幼鸟、蘑菇、蜗牛、鼻涕虫、螺蛳……我看到毛毛虫会拔腿飞奔，经过牵牛花会用细细的茅草秆把它们一朵一朵穿起来戴在脖子上。

　　我从来没有感受过孤独，我的存在本身也加剧了孤独的氛围——浩渺静谧的天地之中，一个小不点在其中缓慢移动。而我的孩子却降生在人群之中，孤独是需要重复获取、习得的异质。关上房门熄了灯，喧嚣依然在不远处伺机而动，夜不是纯正的黑色，是经过各种亮度的灯光混搭调配出来的灰度。各种形式的电子设备则让个体之间保持触手可及的关联。撇开成人世界的标准，如今没有一个孩子会真正地体会到孤独。本质差异只是如何跟自己相处。我的孩子显著地不习惯跟自己单独相处。我经常哀叹："孩子啊，去，去认识你自己！"她却只是置若罔闻地赖在沙发上想要争取使用电子设备的机会。

主动

　　她和我截然不同：一个热衷于行使天赋命名的权利，另一个钟爱行使沉默的权利。

　　她用命名构建起自己与这世界的平行宇宙。当她仅仅十几个月大的时候，一个夏日的深夜，她的粉色小床上方有只顽固的蚊子在盘旋，她敏锐地追随着蚊子发出的嗡嗡声，用胖胖的手指头指着高处，瞪圆了眼睛告诉外婆："嗡嗡！嗡嗡！"从此蚊子被命名为"嗡嗡"。没过多久，她用手指头比画着圆圈圈，说出了"圆咕溜溜"这个形容词。我们都觉得这个词非常立体地体现了"圆形"的特点，遂采纳了她的命名。除此之外，"Banana"的发音显然比"香蕉"更有听觉吸引力，上下唇互相撞击、气流轻微爆破，让人欲罢不能……她挑食，不管肉菜、蔬菜是什么品类，她都没有深究的意愿，似乎只是为了完成吃饭的任务，因此她笼统地使用一些大词，比如"食物""蔬菜"。"在幼儿园，我们每个人都必须吃完盘子里的食物。"她胖乎乎的右手抓着小勺子，左手拢了拢垂下额头的一缕头发，郑重其事地说着。"好的。还要再来一点蔬菜吗？"我们拱手垂立，手忙脚乱地给她提供"食物"，生怕慢了几秒钟就会破坏她本就不旺盛的食欲。

我却不热衷于命名。人各有各的懒处，我迥然不同的惰性可能就在于，对万事万物都不具备特殊的主动性，仅仅只是接受，逆来顺受。自打记事起，我就热衷于徜徉在名词的海洋，不求甚解。偶尔发问，这是什么？那是什么？大多数时候我浏览，阅读，我不想占有什么，尤其不想通过特殊的命名方式来占据词与物。我观看。我记诵。我寂静。我将终其一生寻找自己的沸点。

分离焦虑

谁？到底是谁患上了分离焦虑症？当她左手牵着外公，右手牵着外婆，步履蹒跚但头也不回地迈进高铁检票口；当她背着明黄色小书包，在保安大叔的注视下，高高兴兴地走进幼儿园大门；当她头上顶着两个小丸子一样的圆圆发髻，踩着滑板车，风驰电掣地奔向公交站台；当她高高梳起简洁的马尾辫，跟偶遇的同学手牵手、有说有笑地并肩走进小学校门……那些感动又心碎的微妙时刻反复验证，我才是分离焦虑症患者。她是个酷女孩，她在我心上制造永恒的背影。

外婆

我的外婆子孙满堂，我只在一张发黄的黑白照片里见过我的外婆，印象早已模糊，但她却有一个一手拉扯自己长大的外婆。我只听说过我的外婆带领舅妈姨妈们在我满月时赠送了二十八双小鞋子的故事——给婴儿准备鞋子是山里的传统，寓意平安长大。但她不同，她的外婆只有她这一个外孙女。在她出生的头几年，一应物品都由外婆筹备：襁褓、小被子、内衣裤、棉鞋、纳凉服、裙子、裤子、手套、毛背心……从四十九厘米长的婴儿到一百二十五厘米高的小姑娘，外婆亦步亦趋地照看着她。也许每一个孩子最初的天空，都是由妈妈和外婆描绘出来的。

花

她还在我肚子里的时候，我妈梦到了满树的花朵，正是盛开的时候，大片层层叠叠的白色花瓣在风中微微抖动。"哈，一定是个女孩！"妈妈打来电话，喜不自胜。

她出生以后，妈妈又对我说："我快要生你的时候，也梦到了花。所以我知道，这个梦很准的。"

我同意，她的降临正如这场梦，这盛开的花。

▶ 余烈，1984 年生于湖南，有小说作品发表于《作家》《西湖》《芙蓉》《山花》《广西文学》等刊，有作品入选《中华文学选刊》，译有小说发表于《单读》。

辑三

那个送我回家的男孩

少女的特别情书

沈嘉柯

不会有人知道，几万字的日记，米其林已经埋在学校小橘林的地下，在初三接到通知书的那天。

一

米其林当然不是真名。米其林真名是米琪琳，这三个字串起来，你一定知道这是个女孩儿。她的确是一个可爱的中学女生。米其林不爱说话，却常常自己一个人抬起头笑。

电视上有段时间天天播放一家世界著名轮胎的广告，那个广告里的"米其林"，胖乎乎的。米琪琳，也有那么一些胖乎乎。收作业的小组长开始大声朝她叫："米其林，轮胎，无障碍。"

周围的同学大声哄笑。这个时候她就把头埋进胳膊里，似鸵鸟一般。被人取了难听的绰号，哭鼻子是女生的天然反应。谁都以为她是趴在课桌上气哭了，连肩膀都在颤抖。其实米其林是在偷笑。她心想：这没什么了不得的啊，不就是一个绰号吗？

我真是一个奇怪的女孩，米其林想。

隔壁家的蔷薇都开了好几次，十五岁的米其林心中也有蔷薇开了。这种花开放的时候有神奇的力量，天蓝云白，一切美好。花开也有原因，三个字：叶一企。

二

米其林开始写第一封情书。

大家都不知道，那是写给男生叶一企的。

"企，我今天从篮球场走过去，那群使劲蹦跳的男生真搞笑，跟猴儿似的，上蹿下跳。你就坐在旁边观看，微微笑着，鼻子皱着，上面有点汗水，黄昏的太阳光照着你，闪闪发光。我知道，你那样是因为脚扭了，你脚上还绑着白色的布。你就是他们的精神队长，你必须在场，他们才打得好。我就是喜欢这样的你，安静的时候最帅了。"

很快，她收到了回信。

"我以后很少打球了，避免伤口复发。而且，进入初三，要把学习放在第一。我想要去北方读那所最好的大学。"看着字就好像看见叶一企热情阳光的样子。

米其林看着看着，就笑了。她把手掌盖在那些文字上，闭上眼睛，心脏跳动，仿佛奏起了一支蓝色的圆舞曲。因为在回信的最后部分这样写道："其实我也喜欢你，但是我一直没注意到你，你总是那么沉默。教室里没有人，我从外面经过的时候，看见你一个人坐在窗下，托着下巴微微笑着。你的头发真长，真好看。"

第 3 天再回信过去的时候，米其林说"谢谢你……"

三

天气、学习、校外好吃的烧饼店，还有文具店的白兔橡皮，还有，春天过后，小橘林开花了，有淡淡的香气。这些主题，占据了米其林和叶一企"情书往来"的版面。当然，一切都是偷偷进行的。

时间就像是灰色的小老鼠，等到米其林发现的时候，已经跑过去 46 天了。关系发展得真快啊！她现在管他叫企鹅，尽管他又高又不胖，但谁要他名字里有个"企"字呢？

"企鹅，你看见我今天穿的裙子了吗？是一条米白色的、带有蓝色花纹的裙子，是我爸爸从外地带回来的。我今天特别想穿，因为我们今天集体去野炊，你也会来。这次野炊，是初中最后一次了。以后就要全心全意为升学考试学习了。"

"哼，我警告你，小心我叫你轮胎哦！好了，对不起，我才不敢这样叫。企鹅也不错，胖乎乎多可爱，就跟你一样可爱。"

"好啊，那我现在警告回去，不许这样比喻我。我以后会瘦，等着吧。我妈说，她以前十几岁的时候也特胖，一到高中，就变苗条了。我也会这样。可是，你还是喜欢我，对吗？"

"当然，我喜欢的是你的人啊！胖一点有什么关系？不过，从现在开始，一点也不能够放松了，因为我想考取东城区的重点高中。你也一样，要考上，对不对？所以你也要开始努力。"

"我会努力的。所以，我们约好，三个月后，就不再写信了。"

四

"一转眼就是升初三的第一场考试了。我的数学还是没把握，心里好紧张。企，你能够帮我吗？我知道，全班你的数学最好了。你在傍晚其他人都走了后，来后面的小橘林给我讲讲模拟试卷的题目吧！"

"企鹅，我的成绩总是不上不下，唉，你就那么棒。难道像我妈妈说的那样，女生就是学不过男生吗？"

"瞎说，没有的事情。我有个姐姐就考上了名牌大学，成绩也很棒。你忘记了吗？我们不是约定好，要读东城高中吗？你应该好好找找原因，问题是出在什么地方。时间来得及，距离升学考试还有时间准备啊！"

"我听你的话，昨天回去，好好想了想原因。我好像真的找出好多来……"

"恭喜你啊，找出来了，就好解决了。"

可是几天后，情况反复了，"企鹅，我真的看见那些方程式就想打瞌睡，我就是学不好数学，呜呜……"在后面，米其林还写了好多"55555"，画上了好多的哭脸符号。

很反常，这一次中间隔了一天，才看到回信。

叶一企这次写过来的话，语气格外重，尤其是最后一句："米其林，我想，被一个不求上进的女孩子喜欢，我要感到羞愧了。"

米其林的眼泪大滴大滴地掉。毕竟他们年纪不大，不管以后会不会在一起，现在，她只想好好努力，能够在东城高中遇到他。最起码，她不想被叶一企"哀其不争"的目光冷冷瞪着。

今天被米其林牢牢记下了，是"情书往来"的第 97 天。

五

这已经是米其林写情书的第 100 天了。

以往信里的主题以生活居多，现在越来越多地被学习这个主题代替。不再商量什么好吃、好用，连圣诞节那天的晚会上，各自用心装扮的样子，都不再被提及。只是在刹那走神的时候，米其林会想起他脖子上围绕的红色围巾，他偏分的头发和眼睛，都在灯光下显得亮亮的。

第 126 天，米其林去老师那里看保送学生的名单。其实肯定没有她的，但她仍然想去看一看。果然没有。

第 136 天，按照约定，为不妨碍各自的学习，升学考试倒数三个月那天，也就是明天，要中断"书信往来"。明天，该和他说些什么呢？米其林忽然觉得，心中充满了雾气一样的惆怅。这些天来，每当觉得煎熬，考题面目可憎的时候，米其林会找出那句话。然后在心里默默地对叶一企说，你不会因为被我喜欢，而觉得羞愧的。说完后米其林的心就宁静下来，她渐渐感觉，功课已经不再像以前那么难了。

甚至，米其林觉得自己心里有些东西仿佛清晰了起来，比如以前她从来没去想过的——将来。将来她想做什么呢？似乎每个人，都有一点变化了。"他有他的理想，我自己呢？"第137 天的晚上，米其林写下最后一封情书。但她心里很明白，不会再有回信了。米其林自己的心里，某些东西开始坚定。"即使你不再喜欢我，我也要好好地努力了。"

六

升学考试后的三个月。东城中学开学了，前来报到的新生在教学楼前熙熙攘攘。真如妈妈所说，米其林开始变得苗条了。变苗条后，人就显得漂亮了。

她在高一（5）班门口看见了叶一企。他冲她笑笑，说："你也考上了这所高中啊！以后又是同学了。"然后进教室布置桌椅，放下卡其色的书包，摆上新书。

米其林也回以微笑。然后，她回到高一（2）班教室。

从开始到现在，这是叶一企对米其林说过的第一句话，也是最后一句和唯一的一句。

不会有人知道，几万字的日记，米其林已经埋在学校小橘林的地下，在初三接到通知书的那天。

叶一企，只是写在米其林青春里的一个名字，出现过的地方，只在米其林那本散发着橘子清香的日记本里。

也许青春期最容易发生的就是一场轰轰烈烈的暗恋。日记里的每个细节都那样逼真，难过、流泪、欢喜，一个都没有少，可以说是一出很好的恋爱演习。

也许，就如那句话说的，谁也不愿意自己在最美好的青春时代被一个不优秀，甚至糟糕的人喜欢，那真是一件叫人羞愧的事。

她还有足够长的岁月去爱别人。从把握倾慕，到把握自己的感情。将来的事情，将来再说。

▶ 沈嘉柯，著名作家、文化学者，全国青联委员、中国教育学会会员、中国散文学会会员、中国微型小说学会会员。已出版作品近70部。代表作有《生命摆渡人》《愿你从容地生活》《人间幸有好诗词》《大师一支锦绣笔》等。

且以深情共白头

陈若鱼

一

我爸娶我妈那天,艳阳高照。

但是所有人都认为,他们这场婚姻太不登对。因为我爸比我妈大了五岁,我爸一表人才,高高瘦瘦的,而我妈刚刚到他的肩头,并不算特别好看;我爸家里条件很差,我妈家条件很好;我爸是地地道道的农民,我妈是知识分子,在学校教书。

但是,他们很相爱,很满足。

我爸说,这叫互补,他们都有对方没有的东西,互相倾慕,互相仰望,这样才一辈子都不会厌烦。我妈悄悄跟我说,什么互补呀,我就是看他长得帅。

知道他们的恋爱过程后,我都傻眼了。真是太佩服我妈了。

二

我妈是在赶集的时候，对我爸一见钟情的。

那是个春天的早晨，我妈跟朋友特地骑自行车去买一种新布料，准备做夏天的裙子，集市上人满为患，挤来挤去，我妈一头撞上了一个人。然后，那人立刻说了一声对不起。我妈抬头看他，目光上移才看到他的脸。

初春还冷，别人冬日的棉衣还没脱下，这人居然只穿了一件青色的薄毛衣，而且明明是一件特别普通的毛衣，他却穿得很好看。我妈还没出声，就听见身边的女孩跟那人打招呼，好像叫他：杨岸。

女孩简单介绍，说是她以前的邻居。我妈"嗯"了一声，那人笑笑走了。我妈转头去看他，他很高，背影在人群里鹤立鸡群，之后我妈开始跟朋友打听我爸。得知我爸没结婚，眼睛都亮了。这是我妈人生中第一次动心，很快她就搞清楚了我爸的住址，刚好跟她以前一个不太熟的高中女同学是邻居。

我姥姥是个老会计，我姥爷当厂长，在当地家境算不错的，我妈主动去巴结那个关系不太好的女同学。女同学全家都很欢迎我妈，留她吃饭，我妈就隔三岔五，穿着最好看的衣服，收拾得整整齐齐，腋下夹本书从我爸的院子外，缓缓地走到女同学家里去。

几次之后，我爸看见她，就稍稍点个头，或者笑一笑。

我妈自卑又骄傲，完全不表现出来，每次都只是点点头，也不多说话，更不说之前在集市见过。

倒是我爸先主动了。

三

那天，我妈去找女同学，经过我爸家的时候，我爸忽然叫住她，说女同学今天走亲戚去了，不在。我妈皱着眉失落地"哦"了一声，手里的书掉了一地，我爸就出来帮她捡书了。

头天夜里刚下过雨，书沾了泥，我爸拿了毛巾帮她擦，两人之间的气氛尴尬起来，只能找话题聊，结果越聊越投机，聊得停不下来了。两人就站在院墙外边聊天，我爸羞赧地说，他没读过什么书，特别羡慕会读书的人。

我妈说："我可以把书借给你。"

我爸愣了一下，大概挺意外的，连连答应了，过几天我妈再来，两人就说上话了，借书还书之间，两人就熟络了。

那时，我妈已经知道，我爸对她有意思了，不然我爸根本不认识几个字，借书也看不懂啊。

女同学很快看出，我妈跟我爸有点什么，问我妈是不是喜欢我爸。

我妈看着对面院子里，站在太阳底下，把麦子翻来覆去的我爸，默默地点了点头。我妈当时只顾着害羞，没注意女同学的神情。直到我妈嫁给我爸之前不久，我妈才知道原来女同学也喜欢我爸，没想到就这样被我妈截了胡。当时，我爸已经主动约我妈出去玩了，所以女同学渐渐疏远了我妈，我妈顾着跟我爸约会，也没太注意到这些。

后来，我妈妈知道后，觉得很对不起那位女同学，特地去找她。女同学倒很大度，说反正我爸不喜欢她，没关系的，早知道也应该勇敢一点。我妈反而惭愧得不行。

四

那个年代，男女并肩走在一起都算谈恋爱。我爸和我妈也没藏着掖着，很快两人就确定了恋爱关系，我爸除了帅，真的没什么太大的优点，既不浪漫，也不算温柔。

那时候，流行送女孩子花或布料，我爸带我妈满山跑着摘映山红，看他种的土豆花、豌豆花、黄瓜花，我妈都见识过却依然觉得新鲜。这大概就是和喜欢的人，做最稀松平常的事也觉得有趣吧。

我妈问我爸，怎么这么大了还没对象？

我爸说，相了几个没合适的，要么我看不上人家，要么人家嫌我穷。

我妈心里偷笑，看来我爸就是为了等她呀。

不久后，我爸跟我妈订了婚，我姥姥姥爷都很开明，不嫌我爸家里穷，只要我爸肯努力，我妈开心就好。我爷爷奶奶背地里嫌我妈太矮，但是不敢多说什么，那时候，他们觉得农村人能娶个家境好又有文化的姑娘多难得啊。

结婚后，我妈因为要去学校教书，只能住在县城，而我爸是家里长子，底下还有弟弟妹妹，我爷爷身体不好，我爸要负责家里的田地。我妈有过怨言，但也能理解我爸作为长子的责任和无奈。

到了周末，我爸就会去接我妈回来，我妈也会下地帮我爸干活，插秧的时候，我妈一下去，淤泥快淹到大腿，走不动道，我妈站在那儿难过得快哭了。我爸也不敢笑，只是迈着大长腿过去把她拎起来，像拎小鸡一样拎到田边。我妈就坐在田边上，看我爸弯腰插秧，偶尔远远地看她一眼，她嘴角是掩不住的笑。

那时候村里还没自来水，夏天的晚上，大家都去水渠洗澡，我妈也拉着我爸一起去，两人趁夜深了没人的时候，一起去水渠洗澡。

夏天，水库泄洪，水一下子涨高了许多。我妈一下去，水直接淹到脖子，她吓得要命，我爸只好扶着她的腋下，像抱小孩一样，托着她在水里洗澡。

　　夜黑风高，我妈偷偷亲我爸一下，有摩托车路过，灯照过来，我妈看见我爸脸都红了。

　　晚上，两人躺在床上，我妈就会教我爸认字看书。我爸真的像个小学生，一本正经地学。

　　所以，我妈虽然瘦小，但在我爸面前耀武扬威，因为我爸特别骄傲地说："你妈有文化，说得都对。"

五

　　结婚第二年，我妈就怀孕了。

　　没去医院检查，我妈也知道自己怀孕了，但是没多久，我妈开始肚子痛，去医院检查才知道，是宫外孕。我爸吓得脸都白了，我妈一直安慰他，没事，做手术就好了，孩子还可以再要。

　　我爸还是心惊胆战的。

　　我妈进去做手术的时候，我爸在外面紧张得满头大汗，看到我妈安安全全地出来，眼眶都红了。于是，他在众目睽睽之下抱住了我妈。

　　我妈养了一年后，再次怀孕，我爸都紧张得不行，非拉着她去医院检查。知道是正常宫内妊娠的时候，我爸长长地松了一口气。

我妈怀孕后，我爸有空就给我妈做好吃的，骑一个小时的摩托车送到县城去，不农忙的时候，就住在我妈的学校宿舍里，给我妈炖好吃的。本来就不高的我妈，直接胖成了球，给学生上课都费劲。

我妈看似骄傲，其实内心还是因为身高自卑，她怀孕都穿高跟鞋，怀孕胖了后更显得矮了。每次照镜子都怨我爸把她养得太胖了。

我爸说："没事，我又不嫌弃。"

我妈心里偷笑，嘴上却说："我自己觉得不好看。"

几个月后，我出生了。

我妈在产房里阵痛时，就骂我爸把她养得太胖，差点难产，我爸在产房外一个劲道歉。

据说，我生下来，足有七斤八两重，一个女婴算很重了。

从我有记忆以来，我爸一直是个很好的爸爸，也是个很好的丈夫。因为我妈生完我之后，就再也没有瘦下来了，我爸从来没嫌弃过我妈胖。因为我是女儿，我爸妈有要二胎的资格，但也没有要，因为我妈生我差点难产，我爸说不想让我妈再遭罪了。

小学的时候，我爸跟我妈搬到县城了，因为我妈说要让我接受更好的教育，我爸全听我妈的。

我爸没什么学历，找不到像样的工作，姥爷说给他在厂里安排个轻松的活儿，他不愿意。其实我妈明白，他是不想让人觉得，他是靠关系进去的，被人说闲话。他跑去修车厂当学徒，说将来可以开修车店，我妈也觉得挺好的。

我爸上班时间灵活，每天晚上都会去买菜做饭给我和我妈吃，早上骑摩托送我去上学，再送我妈上班。

有天晚上，我听见他跟我妈说："以前，我亏欠你许多，现在我弟弟妹妹都大了，后面我把心思都放在咱们的小家里。"

我妈点点头，心酸得掉眼泪。

六

我读中学的时候，我爸已经开汽修店了。

姥姥和姥爷都从厂里退休了，一起住到我们家里来了，那是我记忆中家里最热闹的几年。

高中时，我爸买了一辆二手车，载我妈去兜风，我吵着要去，我爸说，你去干啥，以后坐你男朋友的车。

我上大学的时候，我姥爷因病去世，我妈伤心得茶饭不思，全靠我爸哄着她吃饭，像哄小孩子。我妈迅速瘦下来，整个人显得更瘦小了，我爸拉着她出门，看背影像牵个小姑娘。

我大三那年，我爷爷奶奶相继离世，轮到我妈哄我爸，我爸守灵，我妈就在旁边坐着，半夜起床，看见很大只的我爸靠在小小的我妈怀里。我忽然觉得无比感动。

我爸妈的感情，一直都这么好，好到熟悉我的闺密说，有你爸妈这样的婚姻，以后你可难嫁人了。

我笑，那可说不准。

其实，我的恋爱很顺利，我高三时暗恋一个男孩子，被我妈发现了，她不但没批评我，还教我怎么吸引男孩子的注意。然后她就跟我讲了，她怎么"勾搭"我爸的故事，我听完都震惊了，原来不管什么时代，爱情发生的时候都很美好，而且自信就能为你带去光芒。

我妈说："可能别人都觉得我外表配不上你爸，但是我觉得我配得上，每个人都有自己的闪光点。"

我按照我妈的方法，果然吸引了那男孩的注意，但那时候我们只是互相写信，等大学才真正在一起。

忘了说，我的身高也随了我妈，跟我妈差不多高，而我男朋友也很高。那时候还不流行"最萌身高差"，走出门总有人投来打量的目光，但是我会更加昂首挺胸地走。

结婚后，我们四个人一起出去，更是引人注目。

七

毕业后，我很快结了婚。

没几年，我妈就退休了，我爸的汽修厂越发红火起来。我妈闲了没事做，就研究各种吃的，每次都让我爸试菜，我爸皱着眉说好吃好吃的样子，真的太搞笑了。

不久后，我妈开始沉迷全民 K 歌，没日没夜地唱，怕吵到我爸，就关在卫生间里唱歌，我妈会跳广场舞，带动整个小区的大爷大妈跳广场舞，我爸不在汽修厂，就在家看报纸或看电视。

有天，我爸给我打电话，让我帮他买一部智能手机。

我笑他，以前送他不肯要，现在总算跟上时代了。

后来，我看到我爸下载了全民 K 歌，然后在我妈唱的每首歌里送花，评论：唱得真好。

广场舞，我爸实在拉不下脸一起去跳，每次都负责在旁边帮我妈搞音响，看我妈和别的老头跳舞，假装不在意，回去的时候跟我妈吐槽，那个老头跳得真难看。

我妈当然明白他在吃醋，笑得像个小姑娘。

我以为，这种平稳的生活会一直持续下去，没想到，我爸那么突然就走了。

是心梗。

夜里我爸说头疼，我妈说去医院看看，我爸说没事，睡一觉就好了。

结果夜里就出事了，还没到医院人就不行了，我妈给我打电话时，语气异常平静，我听到消息就开始哭，丈夫立刻送我去医院。我爸还躺在病床上，我妈坐在床边发呆，看到我立刻站起来。她只开口两个字："你爸……"就再也说不出一个字来了，我抱着她哭，哭得肝肠寸断，天昏地暗。

第三天，送我爸到殡仪馆时，我妈紧紧攥着我的手说：

"如果我坚持送他去医院，也许就没事了……"

"怎么办，我舍不得，我舍不得啊……"

我一听，眼泪就忍不住，却一句安慰的话都说不出来。

八

我爸的葬礼结束后，我妈还是没反应过来，找不到东西，或者吃饭时就会下意识叫我爸的名字，没人回应，她呆呆地"哦"一声，自己接一句："吃饭了……"

我一直都明白我妈对我爸的深情，但是直到我爸去世，我才知道，原来他们之间的爱比我想象的更深刻。

那是经过岁月，经过苦难与甜蜜的沉淀。

希望来生，他们还能团聚。

▶ 陈若鱼，自由撰稿人，居厦门，作品见多种期刊。

那个送我回家的男孩

崔茂晶

在剑桥读书时，我每天都迷路，也跟寄宿家庭闹了点矛盾，索性就用"回家的路太复杂"这个理由上报学校，希望能换一个家庭寄宿。没想到，老师完全没有理解我的意思，还安排了一个和我顺路的男同学每天送我回家。

那个从没和我说过话的男孩——菲利普，与我并排坐在办公室里，一字一句听着老师的安排。他乖巧地点头答应，我也只好答应，在心里嘀咕："偷鸡不成蚀把米。"

菲利普来自中国澳门，这个大我两岁的天蝎座男孩，不到迫不得已，绝不多说一句话，也不和女生交际，完全看不出来他是个怎样的人。他的动作至少比正常人慢了一倍，水要一口一口地喝，桌子上的东西要一件一件地放进包里。他转身走到我面前，问一声："要走了吗？"之后，掏出一双黑色的皮手套戴上，就出门了。我把桌上的纸和笔一把塞进袋子，心不甘情不愿地跟他走出校门。

英国已进入深秋，下午三点多太阳就落山了。"往这边吗？"他指着路问我。"好像是吧。""还是那边？""应该也可以。""是从这里走吧？""不知道。"菲利普拿出地图对照着他标出的一条曲折的黑线，坚持说："这才是最近的一条路。"我无奈地跟在他身后，在他说的近路上绕来绕去。天越来越黑，路上一个人都没有，我们都不说话的时候，只有自行车链条转动的声音。但我受不了跟陌生人之间的沉默，于是积极找话聊。

"你是从哪里来的？""家里住哪里？""有几个兄弟姐妹？""你去过云南吗？""你喜欢英国吗？"菲利普的普通话很差，一句话同时夹杂英语、粤语还有极其不标准的普通话，我居然都听懂了。我接着问，他接着答；我不问，他就不说话。要么突然停下来，说："等等，你别说话，我要找到路了……"终于到家，我已经累得不行了。

跟菲利普一起回家，就像做作业一样，我提前一天想好话题，可上了一天的课又给忘了，话堵在喉咙里什么都说不出，心里喊着："世界上怎么会有这么无聊的人啊！""你说什么？"他突然停下来问我。"我没说话呀！"我顾左右而言他。

刚开始一个人走夜路，因为神经紧绷，我没有多余的心力去记路。后来和菲利普一起走了一个星期，我就完全记熟了，不再随身带着地图，还盘算着找个机会和他说以后不再送我了。

又是一天放学后，我和菲利普走在路上。他停下来把手伸进包里一摸，像是忘带什么东西了，说要回学校一趟，接着就骑上车往回赶。我站在路边等，风呼呼地吹，比起害怕，我更觉得冷。我站在两个大垃圾桶后面躲风，一滴雨砸到我头上，接着是两滴、三滴……雨哗啦啦地下起来。我捂住头跑着找避雨的地方，谁知在雨里一阵乱跑，居然就到了家门口。

洗了澡，换了睡衣，我的心还在扑通扑通地用力跳着。下那么大的雨，他应该已经回去了吧？刚要吹头发，寄宿家庭的妈妈敲了敲门。"有人找你。"她指了指楼下说。我在睡衣外面披了一件风衣，跟她走下楼。冷风吹进裤管，想到那个唯一会找上门来的人，我的每一步都变得沉重。

菲利普扶着自行车站在门口，头发和衣服都湿了。他看到我，跑上前问："那你刚才走的是我说的那条路吗？""可能是的……"我说。"可是我根本没看到你呀！"我从来没听过菲利普一口气说这么多话，他两颊红红的，明显是急坏了。

见我不语，他只好"唉"了一声，说："你安全到家了就好。"然后摆摆手，把自行车调转了个方向就走了。看着他和他的车消失在黑暗的小路上，想到他和我一样，年少远离家人故土，承受着身为外来者的压力，我觉得自己对他实在太冷漠了。

第二天，菲利普没有来上学。看着那个空着的座位，我的心被内疚感浸透。到了第三天，我注视着同一个方向——他还是没有来。生病了？生气了？心灰意冷？我开始一遍遍地在心里哀求："菲利普呀，求你明天一定来上学吧！只要你没事，我保证，以后每天都乖乖让你送我回家！"

第四天，他终于来了，看上去一点儿事也没有，只说是得了流感，放学后还是和我一起回家。我跟他像往常一样安静地走在路上，反而觉得很安心。我观察到他思考的时候会抿嘴唇，半蹲着开自行车锁的动作像拿着一根丝绸的针，缓慢而温和。我边和他走着，边感受着心里微妙的变化，再也没有迷路。

从那天开始，寄宿家庭里的人看我的眼神都变了，像在说："才来几天就交到男朋友了啊！"可是我该怎么让他们明白菲利普带给我的那种无关爱情的小小触动呢？他们不说破，弄得我连解释的机会也没有。

过了寒假，学校就不再让菲利普送我回家了。他恢复了一个人骑自行车上学、放学的生活，我们却比以前来往得更频繁了。

三月初，一个朋友过生日，请了很多中国同学去一家叫"小上海"的中餐厅吃饭。我叫了菲利普，他背了一个大背包姗姗来迟。吃饭吃到一半，他打开包，拿出一把吉他，说要唱一首歌作为生日礼物。

菲利普抱起吉他，餐厅里所有人都停下筷子，准备鼓掌。他把手放在弦上摸索，找准位置，开始弹。他弹了一会儿，停了一会儿，弹完了我也没听出来是哪首歌。在场所有人用掌声掩盖笑声。"还是有点儿好听的。"有人这么说。

吃完饭，我们在餐厅门口分别，转身往相反的方向走。即便入春了，天也黑得很早。我拉上外套的拉链，一个人走在路上，墨黑色的天空挂着几颗星星，我幻想自己就是其中一颗。那些固定在旁边的星星是家人，那些在路上遇到的人是流星，他们短暂划过我的天空，带来一瞬间的光亮，我也许会错愕，但不会对这样的交错有所期盼。如果可以这么看待的话，面对聚散我是不是可以轻松一点儿了。那些来来去去的人，无所谓缘深缘浅，也不一定是遗憾，而是在看一场流星雨。

在国内，我总是爱恨分明，要好的时候总把一辈子挂在嘴边，吵架了就老死不相往来。后来才慢慢懂得人与人之间的维度有很多。有一种感情，它无关爱情，也不像友情，而是温情。我想人是无法长期生活在太强烈的感情中的，那些余下的平凡日子，正是需要被这种淡淡的温情来支撑的啊。

　　就是这种慢慢发现到处可寻的平淡温情，让我开始对遇到的各种各样的人感兴趣。我对着镜子，模仿菲利普说话的样子。一想到他，我就会觉得，无论如何都不要忘记这种牵挂，不要对与人交往失去信心。然后又不得不陷入一种黯然——过了这么多年，我从没问过他的中文名字。

▶　崔茂晶，自由撰稿人，"豆瓣阅读"作者。作品见于《读者》《青年文摘》《视野》等杂志。出版有《忧伤的时候，就吃点甜的》一书。

过去那些过不去的岁月

怅不戒

　　我和阿莲从小学一年级时就是朋友。我们同住在一条街，家境相当，有着同样的矮小身材，同样都有一个比自己小六岁的弟弟。小学就在三岔路口，阿莲家住在学校斜对面，我家住在路的另一端，阿莲邀我上学时，要从路口走到我家，然后再和我原路折回走到校门口。这样浪费时间的事情，她却乐在其中。

　　我们的关系是在小学四年级开始变淡的，住得远的确能影响感情的维系。阿莲不来找我上学时，我的身边有了新朋友，文艺委员的家就住在我家旁边，她长得漂亮，能言善道，在她的主动示好下，我很快就倾倒在她的个人魅力下，变成她的跟班。阿莲身边也有了另一群朋友，和我不一样，阿莲的新朋友是班上的差生，一群家境大不如她的孩子，其中有两人是拖欠学费的常客，阿莲顺理成章地成了她们四人的老大。

阿莲和她的三个新朋友打得火热，成绩下降的时候，我并未引起警觉，而是感到淡淡的惋惜，惋惜阿莲的自甘堕落，直到她们开始针对我，我才知道自己有多天真。原本我因为个子矮，成绩好，一直坐第一排，但是四年级换了新班主任，老师把我的座位调到了第三排，我离开了熟悉的同学，同桌变成阿凤。这个阿凤，就是阿莲的新朋友。

阿凤其实长得很漂亮，瓜子脸，卷头发，大大的眼睛，可惜仪态太差，她脸上总是挂着两条黄鼻涕，和人说话时目光躲闪，不够干净大方。我和阿凤没有建立起友谊，一到下课，我就迫不及待地离开座位，去找自己的朋友。很快，我就发现自己总是丢东西，一开始是橡皮这样的小东西，渐渐发展为簇新的笔记本，然后是丢钱。我放在文具盒里的零花钱，上个厕所回来就不见了，问阿凤有没有人到我座位上来，她摇摇头说没有。我第一个怀疑的就是阿凤，为了引出她，我当着她的面把一块钱放进文具盒，然后离开座位，从前门出去，绕到后门进来，钱果然不见了。我当场质问阿凤，她却不认，这时阿莲和她的另外两个朋友过来，门神一般站在我面前，为阿凤打抱不平。

阿莲站到了阿凤的那一边，我的朋友们却远远站着不愿意掺和进来。我在心里默默估算了一下丢失的财物，发现价值竟然高达五块钱，愤怒之中，我决定为自己讨个公道。放学后，我缠着阿凤不放，要她还钱，她先是矢口否认，后面被缠得没办法了，直说自己没钱。我一路跟着她回家。阿凤父母都不在，只有一个老态龙钟的奶奶。我向奶奶说明了事情，要她还钱。奶奶说，等阿凤父亲回来，他一定会吊着阿凤打一顿，但是他们家没钱，也不会还我钱。我不服气，要等一个讲道理的人回来。阿凤奶奶马上变了脸色，径直走进厨房，把我一个人丢在堂屋，可是一直等到天黑，阿凤父亲还是没回来，我在害怕中离开了那个土坯屋，一路跑回大路。

这件事情不了了之，阿凤根本不提欠我钱的事，唯一的好事就是，我的东西再也没有丢了。我以为这件事已经结束，却不知道它只是一个开始。阿凤是个胆小老实的人，偷东西就是她做过最出格的事，但阿莲的另外两个朋友，金萍和小敏，却是打架闹事的害群之马。我找去阿凤家告状这件事，在她们嘴里，倒成了我"逼迫欺负"阿凤，每天下课她们都会来到我座位旁，流里流气地坐在课桌上，说一些指桑骂槐的话。

一开始，我当作没听到。很快冬天到了。那个冬天，我得了严重的鼻炎。每天坐在冰冷的座位上，鼻子就开始流清鼻涕，带的手帕揩鼻涕，揩得都湿透了，带一条手帕变成带三条手帕，也无济于事。两个鼻孔就像是两根失控的水管，父母却不认为我有病，对我的窘态视而不见。手帕浸湿后，我做不到像阿凤她们一样回吸鼻涕，只能用手指揩鼻涕，揩下的鼻涕蹭到凳子腿上，凳子腿包上一层透明闪亮的包浆。阿莲于是笑我，说我是鼻涕虫，金萍和小敏大声附和，编出笑话我的顺口溜。同学们也开始嫌弃我，不再和我说话。我忍着恶心，用湿掉的手帕反复揩鼻涕，不再把鼻涕蹭到凳子腿上，但已经晚了。我不讲卫生的名头已经打出去了，同学们在心里把我归到阿凤和金萍那一类人里，哪怕我的作文依旧被老师当作范本，期末依然能拿到三好学生，但我却变成了一个没有朋友的人。

金萍和小敏依旧每天课后缠着我，阿莲时不时也会加入，她们的胆子渐渐变大，不再满足于口头的嘲讽。小敏是她们里面最聪明的人，她最先找到了一个安全的教训我的方法——从我书桌旁经过的时候，故意撞我的桌子。我的文具盒被撞倒在地，里面钢笔铅笔掉了一地，而她们四个就在旁边哈哈大笑。次数多了，阿凤胆子也大了，故意把我的钢笔往地上扔。她是在报复那次我告状的事。我忍气吞声捡起笔，笔尖早已经被摔坏，只能去买新钢笔。新钢笔买了一支又一支，她们的捉弄却并没有停止，她们把我的钢笔当作玩具，一到下课，就在空中投掷传递，我按住笔不让阿凤拿走，她就用尖尖的指甲揩我的手。

　　我忍无可忍，回家跟母亲说想要换班。班主任对我本就冷漠，同学又欺负我，这个班级是待不下去了，不如换到二班。母亲正在做饭，听了后拧起眉头，问我原因。阿莲从前经常来我家玩，母亲每次在街上看到阿莲父母，都会亲切地和她打招呼，我实在不好意思说，我在学校里被阿莲欺负，被她逼得要换班。我支支吾吾，母亲认为我是在找事，顺手打了我一顿，我只好怏怏离开。

　　等到五年级的时候，我买钢笔的钱已经超过二十块，这样的日子还不知道什么时候是头，逃又逃不掉。阿莲终于不再掩饰，每天想出新花招来指挥金萍、小敏和阿凤欺负我，把墨水甩到我身上，撕烂我的作业本，把虫子和土块塞进我的书包。我每天死气沉沉地来上学，满心忧虑地回家，近视后的眼睛又看不清黑板，成绩不可避免地下降。我开始惧怕阿莲，听到她那得意扬扬的笑声就紧张。阿莲喜欢我的时候，我没想过她喜欢我什么，她欺负我的时候，我却清晰地看到了那埋藏在厌恶下的嫉妒。

　　我的隐忍让阿莲的自信膨胀到了极点。五月的一天，我和阿凤当值日生打扫卫生，放学后教室里只有我们五个人，我的书包被扔到地上，小敏撕作业本，金萍砸文具盒，阿莲笑嘻嘻拿起一瓶墨水浇到我的语文书上。她们的笑脸扭曲着，翻滚着，我却只看到脏污的书本。那一刻我绝望了。我发现，不管怎么样，她们的目的就是要我学习不了。我朝阿莲的书桌冲过去，拖出她的书包，一把抓住她的语文书，狠狠地撕开。有人抱着我的腰，有人在掐我耳朵，我不管，我撕了一本书又撕另一本。她们被我不要命的做法吓呆了，等她们反应过来，教室里飞了一地的纸片。阿莲脸上再没有笑容，她呆呆看着我，然后哭了出来。我以为她们会把我的书撕掉，但是没有，她们沉默看着我离开。

　　第二天放学，阿莲母亲在校门口堵住我，说你怎么能撕阿莲的书？要去告诉我父亲。我对和阿莲有关的人都厌恶无比，说了句，那你去告吧，我就背着书包离开了。阿莲母亲不过是恐吓我，她根本不敢去我家，如果父亲知道这件事的前因后果，她不会落到任何好处。阿莲母亲铩羽而归后，阿莲在学校看到我就会绕路，我的世界恢复了安静。

　　很快，我们升到六年级，这次的班主任是父亲的好友，对我很关注，我被调回了第一排，和全校第一名做同桌，我的成绩越来越好，不仅是三好学生，还当了中队长，我又有了很多朋友。阿莲按成绩被分在第四排，金萍、小敏、阿凤都是倒数第一排，她们的同盟已经瓦解，变成教室里沉默的影子。

　　初中毕业的暑假，阿莲来找我，母亲不知道我们之前的事，让她直接上楼。阿莲进到我房间里，好奇地看着书架上的书，略带羞涩地和我攀谈。她说话的语气，笑起来的弧度，都是那么自然，仿佛我们一直是朋友，之前的一切都没发生过一样。但我知道，那些不美好是真实发生过的，而且，在我心里永不会过去。

▶　枨不戒，小说作者，编剧，作品散见于《山东文学》、《读者·原创版》、"ONE·一个"、"豆瓣阅读"等平台。散文集《老去的小镇》曾获第 31 届梁实秋文学奖首奖。

假如你观察一个小孩子

沈轶伦

    她放声大哭。哭到步道上的人都暂停自己的行动去看她。有那么一瞬间，大人围拢过去，像磁石落入铁屑。但她抽泣着，想说什么却不能如愿。

    家长一迭声问她怎么了，焦虑地拉过她从头到脚看，又让她转身，抚摸她的头发，撩起她的外套看，让她指出自己难受的地方。她双手下垂，拼命摇着头，终于在抽泣的间隙，她断断续续吐露出几个字，大人这才拼凑出她伤心的原因：某某小朋友和某某小朋友刚刚走了，他们不和我玩。家长放松下来。这样的小事啊。那女孩的哭声立刻又响起来，这次，边上一幢六层居民楼楼梯道的感应灯刷地全亮了。

    大人们见状笑了起来。

原来没有打架，没有争吵，没有出血，没有伤口，所以是——没事。

没事的。一个老人说，某某小朋友不睬你，那你也不要睬他好了。

没事的。一个路人也安慰，某某小朋友不睬你，那你自己去找别的小孩玩好了，你看小区里这么多小孩。

没事的。她母亲模样的人抱着她，温柔揽她入怀，好了好了，再哭伤身体，再哭眼睛要肿成小兔子了哦。

我在苏州河边的口袋公园看见这个女孩。她伤心可又多幸运，受委屈时，还可以有个怀抱立刻奔过去、把头全部埋进去。只是在她身边的大人是否真的明白，他们表达的都是对这件事的判断：不值。可对一个孩子来说，一次被拒绝，究竟有多少分量。成年人也许都再难感同身受了吧。

自己当作好朋友的人，却在游戏场背身离去。这个孩子和那个孩子结成同盟，而自己不被纳入其中。被抛下、被排挤、被留在原地。大人们见状笑了起来。说你没有受伤啊，所以没事。但对孩子来说，怎么可能没事。

这孩子母亲模样的人说，你呀，开学上一年级了，小学生了，快别哭了。人家看着你呢。难为情吧。我想，是啊，小朋友，人生识字烦恼始。开学了，你会遇到更多小朋友的，你会遇到更多烦恼的，会遇到更多不如意的事，但这并不意味着眼下是小事。我想告诉你，我知道你受伤了。但没有办法，这世界本来就不是为了确保你不受伤而存在的。

也许有一天，你也会选择和这个孩子玩，刻意不理睬另一个。也许有一天，你也会学着排挤和背弃，或者在看到别人受苦时露出笑意。谁知道呢？谁真正了解自己或能判断自己下一步的每个行动呢？我记得小时候邻居家里养了一窝小鸡雏。它们毛茸茸多么可爱，看起来全然无害，它们在遇到危险时会一致对外，但在窝里，在食物充足的情况下，有的小鸡就是会被别的小鸡孤立，有的小鸡就是会啄别的小鸡。它们毛都没有长整齐呢。

假如你曾这样观察过动物，假如你认真在路上观察一个小孩子，你就会知道人类社会所有的争执，或许都在基因里了，没有原因。

傍晚的苏州河边，孩子的哭声渐渐停下，余下几声抽泣。一场微观的战争已结束，剩下的人在灾后重建。人们散开。我的目光重新投向河道。

只见河堤上，有一只夜鹭独自站了很久很久。人们在堤岸这一侧的步道快走或跑步，聊天或刷手机，使用健身器材，发出种种声响。但它不为所动，凝视水波，背对人群，又如屏蔽一切。直到天光暗下，我快看不清水与岸的分割线了。模模糊糊中，一道黑影飘落。是另一只夜鹭飞了过来，轻轻落在原先那只夜鹭的身边。它们没有互望，也没有发出一声鸣叫。但这个角落就不寂寞了。

　　我回头，看到那个止住了哭泣的小孩子，走过来趴在我边上，也在看着两只夜鹭。

▶　沈轶伦，《解放日报》主任记者，中国作家协会会员。出版有《如果上海的墙会说话》《隔壁的上海人》《似是故人来》《说宁波话的上海人》等作品。

世界之间的暖意

海宁

新来的同事棉棉，"95 后"小姑娘，五官俊俏，性格外向，业务能力也不错，常常在工作中有创新想法……

只是来公司半年多，在同一个写字间里，这个姑娘却从来没有主动扫过一次地、打过一次开水、擦拭过自己电脑桌以外的其他任何地方。

她也绝不会主动承担一丁点儿额外的工作。

公司里的保洁员只负责公共区域的卫生，而写字间内，都是我们几个同事轮流做。并没有刻意排班，谁顺手，便主动擦擦地或者做点其他活计。

棉棉当然知道这一点。她刚来时，有一次看到我挨着擦同事的桌子，顺口问过一句。我告诉她后，她只是"哦"了一声，然后撇撇嘴嘀咕道："公司真小气，多付点工资给保洁员不就好了。"

　　那时跟她还不太熟悉，我笑笑没多说什么。公司当然不是付不起这点工资，只是业务部门每个人都有一堆繁杂资料，自己人分得清，保洁大姐未必清楚，不小心弄丢一两样，会很麻烦。再者，几分钟便可顺手完成的小事，也没必要再麻烦保洁员。

　　可是，后来棉棉即使知道了也从未打扫过一次写字间，哪怕她来得最早，也只是一头扎进自己的那间小格子里，吃早餐或打开电脑做事情。

　　半年多了，从不见她关心过别的同事。离开公司后，她便是所有人的陌生人，与我们没有任何往来。包括不在微信群里说一句话，不关注任何同事的朋友圈。至于她的朋友圈，我们点赞或留言，也都是一种轻飘飘的路过，她从不回复……

　　她的眼中，只有她自己的小世界，一张写字桌那么大。

　　因为年龄小，我们一直担待她的"事不关己高高挂起"，可是每每看到她用力于自己、无视于他人的状态，我还是觉得她那张好看的面孔中、她努力工作的背后，都散发着一种情感的小自私和小狭隘。

　　还有一位熟人家的男孩，也是大学毕业刚刚开始工作，由于工作需要，想要在我一个朋友有点名气的公众号发几篇文章。

　　我跟朋友相熟，也经常给她写点东西，这不算什么大事情。

尽管男孩的文笔并不出色，达不到发表的水平，可朋友还是精心给他修改后，隆重推出。

朋友的公众号日更，每次发三篇特色小文。

文章发出后，我和朋友还有同期发文的其他作者，都转了男孩的文章，给他拉点人气。但当晚我发现，男孩却只将自己那篇转了朋友圈，其他人的全部略过。

之后接连几次，他都是如此。

朋友没说什么，别人也没有说，或者压根没有在意。只是我心里觉得有些别扭……当然，我不能说他这样不对，可是他人帮你时，你难道不该顺手也帮人一下吗？举手之劳而已。

我真心不觉得这是懒惰，反倒觉得是一种淡漠和自私。

侄女小满，也是这种"淡漠、自私派"小代表。

作为姑侄，我和她的关系足够亲近，可是这么多年，哪怕她读了大学参加了工作……如果我不主动联系她，她绝不会主动给我电话或发条微信。除非她有事情，比如咨询什么问题，需要帮她买些什么，或者做了微商需要关注。

除此，她好像是陌生人，在我的生活中从不留下半点儿痕迹。哪怕逢年过节，也不会有任何祝福信息。

她觉得多余。

有一次，也是一个需要扩散的消息，我在群发时也转给了她。

我的朋友圈里人不多，基本都是家人、好友。信息发出去，大家立刻帮着转发了。只有她，冷不丁回一句："什么鬼？"

给她解释半天，她才"哦"了一声，回我："不喜欢，不转发。"

当时，真是狠狠被她噎了一下。我承认那是她的真实，是对自己的不违心。可是这种不违心的真实里，却透着冷冰冰的疏离，透着对亲情的怠慢和教养的缺失。

说实话，我不愿意她那样。我更愿意哪怕她不喜欢，也会笑眯眯地说："好呀好呀。"然后转发出去，再告诉我"姑姑，其实我不喜欢转发这些东西的"。

一句玩笑话，爱护了亲情，也保留了个性。下次我便会知晓她的喜好，不会拿她不喜欢的事频繁叨扰。

她说那句话的时候，大抵从来没想过她做微商，我一次次转发时的心情。我不喜欢一切微商，可是对于她，亲情远远大于个人喜好，没有什么可比性。在亲情面前，我愿意违背个人喜好，愿意恒久地把亲情放在第一位。

说到底，即便不是亲人，也还有人与人之间本该有的相互维护和温暖，我总觉得，除了个性和真实，这些"只活在自己的生活里"的年轻人还应该懂得，亲人朋友间的相帮相衬并不麻烦，也不是虚伪，更不是什么曲意迎合。

事实上，那也是品性和素养。

　　我承认他们的真实，他们也足够努力，但也真的遗憾他们的那一点缺失。因为对于人生来说，那其实是很重要的一点。

　　那是这个世界之间的暖意。

▶ 海宁，本名赵海宁，山东人，自由写作者，出版长篇小说《薄爱》《比爱更疼，比爱更暖》、短篇小说合集《爱与不爱都会疼》《总有一次回头让你潸然泪下》、杂文集《别再让我遇见你》等。

辑四

念着你的转身

沾衣欲湿杏花雨

肖复兴

　　六十四年前，我升入初一。在这所陌生的中学里，同学之间往来不多，大家都显得有些孤独。他们可能和我有一样的心思，很希望找到朋友，可以更快地融入班集体里，让自己的心爽朗一些。

　　非常奇怪，我的第一个朋友，不是我们班上的同学。他比我高两个年级，读初三。现在怎么也想不起来，我们是怎么认识的了。仿佛他乡遇故知，在校园里走着走着，偶然间相见，一下子电光石火一般，那么快便走在一起。人与人的交往，有时候真是很奇特，大概每个人都有属于自己的磁场，彼此的磁场相近，便容易相互吸引，情不自禁就走到一起了吧！

　　有这样一个情景，我怎么也忘不掉，就像电影里的特写镜头：初一第一学期快要结束的时候，一天下午放学之后，我们走在永定门外沙子口靠近西口的路上，落日的光芒烧红了西边的天空，火烧云一道一道流泻着，好像特地为我们而烧得那么红，那么好看。那一幕，尽管过去了六十年，依然清晰如昨，如一幅画，垂挂于眼前。

我已经弄不清，为什么那一天我们会走到那里，应该是他家就在附近吧。那时候的沙子口比较偏僻，路上的人不多，很清静，路旁行道树上的叶子被冬日的寒风吹落，只剩光秃秃的枝条，呈灰褐色，没有了一点儿生气。但我们的心里是那样的春意盎然，兴奋地聊个没完。

他叫小秋。这个名字，我觉得特别好听，后来读到柔石的小说《二月》，里面的主人公叫萧涧秋，名字里也有个秋字，便会想起他，更觉得这个名字好。他人特别白净，长得也英俊，这是他留给我最初的印象。我心里总是这样失之偏颇地认为，好朋友，应该都是长相英俊的。

那天，主要是他对我说着话。印象最深的是，他读的课外书真多，一路上不断向我讲起好多书，这些书我不仅没有读过，连听都没有听过。听他这么一说，才知道自己和人家的差距那么大，便谦恭地听他讲，不敢插话，生怕露怯。

由于这样深刻的印象，我有点儿佩服他，觉得自己以前懂得的太少，看的书太少，很是自惭形秽。有这样一位同学做朋友，真是太好了，可以帮助我打开眼界。一个小孩子长大的过程中，特别需要身边出现这样的朋友，不仅能玩在一起，更需要能够学在一起。作为年龄小，或者知识能力弱的一方，如果能有一个比自己稍微大一点儿、各方面能力强一点儿的朋友，受益的是前者。

小秋出现在我面前，有些突然，有点儿像横空出世的侠客特意前来帮助我一样，带给我很多意外的收获，就如同让我看见眼前似锦的晚霞，是那样的明亮璀璨，令人向往。

那天，小秋对我讲起的很多书名，我都没有记住，只记住一本《千家诗》。我听说过这本书，但没有看过。他对我说，比起《唐诗三百首》，《千家诗》更简单好懂，也好记，更适合咱们这样年龄的人读。

他告诉我他家有《千家诗》，可以借给我看。

上午第一节课前，小秋到我们班的教室门前，招呼我出去，把《千家诗》借给了我。

这是一本颇有年头的线装书，纸页很旧，已经发黄，很薄，很脆，文字竖排，每一页的下面半页是一首诗，上面半页是一幅画，画的都是古时候的人物和风景，和这首诗相配。我从来没有见过这样的书，以为是古书，起码也得是清末民初的书了。我很怕把书弄坏，回家后，立刻包上书皮。我又买了两个横格本，开始抄上面的古诗。每天抄几首，一直把这一本《千家诗》抄完。抄录的第一首诗，是宋代志南和尚写的七言绝句：

古木阴中系短篷，杖藜扶我过桥东。

沾衣欲湿杏花雨，吹面不寒杨柳风。

周六下午，学校一般没有课，课外活动都安排在这时候。不过，那时，我一个社团都没有参加。我生性不大好热闹，不大合群。

周六的下午，我一般会去文化宫的图书馆，那里离我家不远，是原来太庙的一座配殿，虽然不大，毕竟是皇家宫殿，红墙琉璃瓦，古木参天，夏天的树荫凉儿遮住整个阅览室，特别凉快。

那个周六，是在初一第二学期开学不久，刚刚开春。上午最后一节课下课后，我立刻跑进食堂，匆匆吃过午饭，就往外跑，想抓紧时间赶去文化宫。在食堂门口，遇见了小秋。我已经很久没有见到他，他快中考了，学习紧张。他在食堂门口是特意等我的，也不知道他吃没吃午饭。

他问我下午准备去哪儿，我告诉他去文化宫图书馆。他说，我和你一起去！我们俩来到文化宫图书馆，各抱一本书，像老猫一样蜷缩在软椅上，待了整整一下午。

黄昏时分，我们走出文化宫，穿过天安门广场，走到前门楼子，再往东拐，就拐进我家住的老街。我知道他是特意陪我走到这里的，但不知道他陪我一下午，是有事情对我说。我看他一直有些犹豫，憋了一下午。

我指着旁边的有轨电车，挺感激地对他说，你快回家吧！

我们在电车站等车，他忽然对我说，明天星期天，你有空吗？

我这才明显感到，他陪了我一下午，其实就为说这句话和这件事的，便忙对他说，有空！有空！你有什么事情吗？

我想让你陪我去一趟东北旺。

东北旺？

我第一次听说这个地名，这个陌生的地名，让我觉得不在城里，一定挺远的。不知道他有什么事情，非要去那里。但他决定去，而且是想让我陪他一起去，肯定是有要紧事情的。

我对他说了句，行啊，没问题！心里还是有些好奇，忍不住小心翼翼地问他，有什么事情吗？

他说，说来话长，明天在路上告诉你！

行！我立刻答道。听他的语气，看他的神情，我明白，他中午就来找我，又陪我看了一下午的书，鼓足勇气让我明天陪他去东北旺，是对我们的友情的肯定，还有什么比朋友之间的感情更重要呢？

他和我约好明天上午，还在这里碰头。他说，我坐电车到这里，然后，咱们再坐汽车，不过，得倒好几回车，路挺远的，你得做好准备！

没事！咱们早点儿走！

第二天早晨，天有些阴，风有些料峭。我早早赶到电车站，想着自己离车站近，早点儿来，别让小秋等。谁想到，我远远看见小秋站在电车站前了。

我们确实倒了好几回车，公共汽车一直往北开，过了西直门，又往西北开。城里的高楼和商店都见不到了，见到的是大片大片的农田和矮矮的平房，乌云低垂，只能隐隐看见西山起伏的淡淡轮廓。在车上，小秋对我讲了去东北旺的原因。他的父亲犯了什么经济案，还好，最后没有被判刑，只是到劳教农场劳教六年。这个劳教农场，就在东北旺。这是他刚上小学六年级发生的事情，那时，他小，不明白家里突然少了爸爸是怎么一回事。上中学之后，才彻底弄清事情的原委。妈妈觉得这事情太让她感到羞耻，所以从来没有到东北旺看过丈夫。小秋有一个姐姐，比他大好多，已经工作了，有时候会去看看爸爸。姐姐前两年结婚有了小孩，没有时间再来了，他就来东北旺看望爸爸。

他说，每一次来，坐在长途汽车上，心情都特别难受，特别想有个伴儿能陪陪自己，自己也好把憋在心里的话说出来。但是，这又不是什么光彩的事情，找谁说呢？所以，犹豫了好久，想到了你！我想，你不会嘲笑我，看不起我……小秋的话，让我好感动，我知道这是友情带来的最真诚的信任，我从来没有感受过这样的友情，这样的信任。那一年，我十三岁，小秋十五岁，处在这样年龄的孩子之间建立起来的友情，像水一样清澈透明。这样的友情，这样的信任，没有什么额外要求，只要那么一点点的陪伴，和倾听与理解。

我真的没有想到，平常那么好学向上又那么开朗的人，竟然有着这样的难言之隐。父亲带给他的压力，深深地藏在他的心里。听完小秋的话，我忽然有一种想哭的感觉。我望着小秋，他并没有看我，而是扭过头望着车窗外。窗外的云压得很低，像要下雨。

汽车在东北旺的站牌前停下来，只有我们俩下了车。还要走老远的路，才能到劳教农场，走到半路，我们走出一身汗。前面有一棵山桃树，鲜红的山桃花开得正旺，让阴云笼罩的田野有了明亮的色彩。小秋指着树说，咱们到那儿歇一会儿。他想得周全，带了义利的果子面包和北冰洋汽水，让我垫垫肚子，说到了那里没有饭吃。我从他的手里接过面包和汽水，看他的样子，像一个细心的大哥哥；再看他的神情，又觉得掩藏着那么深沉的忧伤，是我们这个年纪不应该有的。我闷头吃面包，不敢再看他。

那天见到小秋爸爸的具体情景，我记不太清了，只记住一个场面，他爸爸伸出两条胳膊，让我们两个一人抱着他的一只胳膊，在上面打摽悠儿。他是那么强壮，胳膊上隆起饱满鼓胀的肌肉，像学校操场上结实的单杠。我们都是那么大的孩子了，但抱住他的胳膊，蜷着腿，他像在做体操的十字悬垂，带着我们来回旋转，我感觉就像坐在公园里的旋转木马上，惹得周围的人都笑了起来，连站在一旁的警察都忍不住笑了。我看见，小秋也露出难得的笑容。

我们从东北旺回到城里，天已黄昏。乘车到前门，我送他坐上有轨电车的那一瞬间，趁着车门没关，上前一步紧跟着他也迈上了电车。小秋吃惊地问我，你这是干吗呀！

我对他说，我送送你！

这个念头，是在他上车那一瞬间突然冒出来的。我不想在这一天让他一个人回家。

他望望我，没再说话。有些拥挤的车厢，在大栅栏这一站上来的人多了起来，挤得我们俩常碰撞在一起。我们从来没有挨得那样近过，我能闻见他身上的汗味，甚至能听到怦怦的心跳声。我想，他肯定一样，也闻得见我身上的汗味，听得见我的心跳。那时，我想这应该就是友情的味道，友情的心跳吧，尽管有些酸文假醋，却是我少年时期对友情最温暖、最天真的一次感受。

这趟有轨电车，永定门是终点站。下了车，要走到沙子口。小秋没有再说什么，任我陪着他走到沙子口，一路上，我们默默地走着，没有说话。我们在沙子口的路口分手告别，他突然伸出双臂，拥抱了我。那一刻，稀疏的街灯亮了起来，在因阴云笼罩而越发晦暗的夜色中，昏黄的灯光洒在我们的肩头。

返回途中，憋了一天的雨，终于下了起来，不大，如丝似缕，沾衣欲湿。

▶　肖复兴，毕业于中央戏剧学院，曾在北大荒生活六年，当过大、中、小学教师十年，著有各种杂书两百余种。近著有《肖复兴散文精选集》四卷。

大风吹不走的人

徐海蛟

　　胖花没有病倒之前，我不知道忧愁为何物。那时，童年的天空一片响晴，还未落过一滴雨。

　　我说的胖花不是一种花，他叫李小松，我们四年级的一个小胖子。

　　李小松成绩不好，体育不好，容貌不好，可他爱笑，他心态好。只是在老师那儿，"爱笑"未被列入"优点"行列，从未见过老师在成绩单上写："该同学胖胖的，爱笑，惹人喜欢。"我们每个小学生都明白，惹不惹人喜欢，一般由成绩决定的。你成绩好，不爱笑那叫内秀；你成绩好，爱笑那叫开朗活泼。李小松这样课堂上时不时一窍不通的人，不笑就罢了，若笑眯眯的，很容易引来老师责备的目光。有一回，数学老师问了三个问题，他一个也没答上。老师说："人家一问三不知，你三问三不知。"这般严峻的时刻，李小松脸上竟然还堆出一层笑来，数学老师恨恨地用手指捏住他脸颊上的肉："你再笑，再笑，给我笑成一朵花看看！"

胖花的外号大概是这样莫名其妙诞生的，可别对我们小屁孩的取外号方式过于计较，它从来不讲道理。胖花是我来这异地后交到的第一个朋友，也是顶顶要好的朋友，他的故事呀，可以讲三天三夜。

九岁那年，父亲带着我走出莽莽苍苍的大山，来到四百里外另一个海滨城市的乡下。我第一次出门远行，离了生活八年的小村庄，在那儿，我们闭着眼睛都能兜回自己家。那年母亲未能和我们同行，她得照料田里的稻谷小麦，照料年幼的妹妹、一头小白猪及五只鸡。要到第二年，才赶来与我们会合。

我第一次乘坐长途客车，第一次在汽车站吃到奶油雪糕，之前只吃过小贩木箱里棉被包裹的糖水棒冰。我的目光第一次毫无遮拦地越过广阔无垠的平原，之前只见过山那边更高的山。

来到这个新地方上二年级，新奇又不安。你不会知道，一个敏感的小孩到了新地方，面临的困难有多么具体。

最大的绊脚石是说话，言语不通会让一个人寸步难行。书上说靠双脚就能走天下，这会儿，小小的我才明白，得靠舌头才能走天下呢。

八月初到这儿，不到一个月里，跟姑姑学会二十句蹩脚的常用语，便要去学校上学。那会儿的乡村小学，方言是"通行证"。别说学生，就是老师，上课也会时不时冒出方言来。年少的我腼腆又羞涩，时常担心口中的发音引来一片嘲笑。当然，我那将"老虎"念成"老福"，将"窗户"念成"川户"的普通话也有很多被嘲笑的理由。

每天放学，我要到父亲诊所旁的小店买零食填肚子，用学会的唯一一句买东西的方言，指着面前一个玻璃罐："买这个饼。"以至于相当长一段时间，我都在用五角钱重复着买同一款饼，直到学会另一种零食的称呼。

我不会拍皮球，不会跳绳，唱国歌要跑调。我没有挂过红领巾，自然不会给红领巾打结……我想在他们眼里，我是很土的，我是山里的孩子。

终于有一个中午，当我用刚学会的方言将自行车说成"自横车"的时候，他们一个个在教室门口笑出了猪叫、鸭叫以及鹅叫声。我脸上撑着一个僵硬的笑容，假装走到小操场西北角去。那儿有棵大梧桐树，我喜欢树，树从不嘲笑人。它绿荫匝地，仿佛要给一个可怜兮兮的小孩以宽容的拥抱。

走过去，走到树荫下。用脚踩树上落下的果子，一脚踩扁一个。

过了好一会儿，我看到身旁一个人影，也在踩梧桐果子。他起先沉默着，随后说："我到你爸爸诊所看过病，放学后找你玩啊！"我后来知道他住在村庄另一边，仅和我们隔着条不大的河。他说话时，嗓音略有点沙哑，脸上笑容挤开来，特别喜感，一副人畜无害的样子。

放学后，他真的找我玩了。我到这个陌生地方后，终于拥有了第一个伙伴。二年级那会儿，他还叫李小松，还只是小胖子，没开出"花"来。

尽管小松不那么精通"学问"，但一离开课本和作业，他那状态，就像离岸的鱼回到水里。

他知道这个我全然陌生的村庄的大部分秘密。知道在哪个老屋面前的角落有棵桑树，那会儿他送了我五条蚕，我时不时为桑叶的事发愁；他知道哪片夏日的油菜地旁，有一小片黄金瓜，小拳头砸下去，黄金瓜发出欢畅的"噗嗤"声，就裂成了几大瓣；他知道从哪堵墙的缺口拐进去，能到达小学校的乒乓球室。

一年后，我们的活动界限渐渐突破了自己的村庄，到达另外的村庄。为了出诊方便，父亲买了一辆黑色永久牌旧自行车。我并不会骑，胖花就教我"荡车"，这个词语也是我们自己"发明"出来的，就是左脚踩在踏板上，右脚不断去点一下地面，车就听话地倾斜着向前跑了，谓之"荡车"倒也贴切。后来，在胖花指导下，我又学会了将右脚穿过自行车三角档，以打半圈的方式骑车。我们借助自行车玩遍了周围的地方，河边、田野、水库……都留下了我和胖花的身影。

夏天傍晚，我们就到村中间那条河旁洗澡。胖花很会游泳，我却是一只旱鸭子。至少有四五次，他怂恿过我学游泳，还从家里搬来一只大塑料壶，让我抱着学，我都拒绝了。我只在河边看着，站在河埠头第二级台阶上，水刚好没到膝盖，那是最安全的高度。但我没有想到，某一天也是在那级台阶，我试着慢慢蹲下去，将上身浸到水中，清凌凌的水让我忘记了那石板上布满了青苔。两脚一滑，手也没能撑住身体，整个人就躺进了水里，水并不深，可它却有一股力量，死死拽住了我，让我一点也动弹不得，或者说让我忘记了自己还可以动弹。这一切悄无声息地进行着，甚至连波澜都没有。胖花就在我身旁，用毛巾拍打水面，又往自己身上掬水。大概过了四五分钟，他应该察觉到了异样，见我直直躺在水里，即刻弯下身来，拽住我的胳臂，一下子将我拖了出来。当我脱离水面，已咽下了好几口水，死亡的惊恐显然还留在脸上。胖花却视而不见，在水中笑得东倒西歪了："你……翻白眼了都？在练习憋气？怎么不爬起来啊？翻个身就起来了。"他哪知道，这一次跌跤于我心里产生了多大的惊恐。此后，我没有和父母提起这事，也没有向胖花致谢，大概在心里为这事感到羞耻。但我知道，这注定是我要记忆一生的事。那个夏天的傍晚，胖花可是救了我一命，不过，胖花一定不知道这事那么严重，转身就给忘得一干二净了。

四年级上学期，应该是十月某一天开始，胖花连续两天没来上学。第三天重新回到学校，我看到他脸上泛着潮红，他告诉我："两天都在你爸爸那打针，发高烧了。"第四天，胖花又不见了，放学回到家，吃晚饭时我问父亲，父亲说你那同学连续发了几天高烧了，要到大点的医院验血。我追着问，"李小松得了什么病呢？"父亲没有回答我，只说要验了血才知道的。

第二个礼拜，整整一星期，胖花都没出现在学校里。一放学，我就绕过村中间那条河，来到胖花家门口，叩响院墙外的蓝色铁皮门。每一次，门都没有打开。我透过门缝，看到里面一棵婷婷的桂花树，桂花已零星开了一点点，它的香气从门缝里钻出来，但一点也没有让人觉得美好。我又失望地走回来，绕过那条河，河水在傍晚显出绸缎般的光泽，有人在河岸洗衣服，有人在河岸洗菜，到了十月，到河边戏水的孩子已不见了踪迹。

直到第三个礼拜，某一天傍晚，我又去找胖花，远远望见那扇蓝色的铁皮门开着。我急急地小跑过去，心里要欢呼了。我想胖花肯定在，或许他已看见我了，没准躲在那扇门后，待我走近了，大吼一声吓我一跳，我才不怕这点小伎俩呢。

　　胖花的爸爸走了出来，将我迎到屋里，往我手上塞了一个很大的苹果。他告诉我："小松住院了，一下子不会回来。"他的脸上布满了疲倦和悲伤，我看到他的头发乱蓬蓬的，鬓角一片花白。我好想问李小松得了什么病，在大人面前，又将这句话收了回来。

　　没多久，父亲和母亲就在村里其他大人口中得知了胖花的病。起先，他们没告诉我。后来，父亲口中吐出"白血病"三个字，那是我第一次听到这三个字，脑海里即刻出现了胖花的样子，我跟父亲说："白血病会让人变得像雪一样白吧？怪不得胖花上四年级后，越来越白了。"

　　父亲脸上的表情凝结了："白血病不会让人变白，很凶险。"我并不理解医生口中的"凶险"意味着什么。于我来说，"凶险"的直接反应就是连续三个月见不到胖花。我又一次见到他已是临近过年了。那年冬天非常冷，连续下了几场雪。有一天，母亲告诉我李小松回来了，母亲在河埠头洗菜碰到过小松奶奶。

　　我当即就要去看他，这回，母亲要陪我一道去。她还拎了一篮鸡蛋、六个苹果、一袋红枣，母亲说："这地方的人看望病人须凑到三样东西，说是这样病就会'散'了。"我心想，那一定得给胖花三件东西。

　　李小松妈妈领着我们攀上水泥楼梯，拐进二楼房间。窗户开了半扇，雪后晴朗的日子，屋子里并不那么冷，一个光头男孩斜靠在床上，手里握着一只变形金刚模型。见我来了，马上挺直了身子，笑容自脸颊上绽放开来，才让我认出那个原先的胖花。他瘦了一大圈，感觉圆脸已成了长脸，如果走在路上，恐怕要认不出了。

明明很多话要讲，开始的几分钟，我们都不知道说什么好。只看到窗外，一片明亮的冬阳。直到小松妈妈和我母亲下楼去，我们才相视大笑，一起滚倒在床上。

他跟我讲了很多医院的事，他撸起两个袖子，让我看手背和胳膊上密密的针孔。他还将我的手拽过去，让我摸他的光头。他说："我去了宁波的医院，每天都要打针吃药。"他说："爸爸说，还要去杭州的医院，再不行就去上海……不知道西湖长什么样，上海就更不知道了。"

他说："爸爸告诉我，一定会好起来的，就是卖了房子，也要把病看好。"

临告别，他拉开床头抽屉，在里头摸索了一会儿，取出那辆我眼馋很久的草绿色铁皮小汽车模型。那汽车屁股后头，支着一个发条，每当拧紧发条，将其放到平地上，就会向前飞驰。这是胖花最珍爱的玩具，搁平常，我这样的好伙伴，才答应给玩，其他人若将手伸过来，一定会被他的小胖手打开。尤其那枚发条，轻易不给碰，只有两个人有资格拧，一个是他自己，另一个是我。

"送给你。"他丝毫没有犹豫，将铁皮小汽车递到我手里。我迟疑了，显得扭捏起来，心里生出一丝酸涩的难过。他笑了："未来，我们买一辆自己的大汽车。"我笑着说："是是是，一定买一辆，开到北京去看长城。"我知道，他最爱长城。

过了两天，我又去看他，这次是将自己收集的《水浒传》中卢俊义、吴用、燕青三张人物卡送给他，他集了很多《水浒传》人物卡，一直想要这三张。想到是"三"这个数字，我心里额外多了一点喜悦。这个礼物，让他很高兴，又发出了咯咯咯的笑声。

那应该是我最后一次见到胖花，他出院后没多久，又去住院了，这一回去了更远的杭州，我便常在心里想，胖花会去看西湖吧？那年五月，我在语文书上读到杨万里的诗句"接天莲叶无穷碧，映日荷花别样红"时，对西湖充满了渴念。

我从来没有想见，此后再也见不到胖花了。

我更没有想见，那年儿童节，我竟听到了胖花的噩耗，我们全班同学都听到了，老师哽咽着说："李小松同学两天前走了。"教室里突然静了下来，像肃杀的秋霜降临了这个初夏。死的消息是一记有力的耳光，几乎要将我们打蒙了。那些平常总是嘲笑他的人，也坐在教室里呜呜呜地哭开了，仿佛为自己的不够友善而深感愧疚。

　　我们从来不相信死亡会和一个十岁的小男孩过不去，我们也从来不敢确认，这个消息竟然是真的。那是我们学生生涯里唯一个流着泪度过的儿童节。

　　同学们难过了两日，又渐渐恢复到了常态，变得有说有笑了，继续跳起了皮筋，打起了弹珠，继续开小差，继续在校门前的田野里扔泥巴。

　　只有我，似乎心被剜去了一大块，那里空了。我一看到教室里那张空了的课桌，那把空了的椅子，眼泪就会从眼眶里溢出来。我看到他送给我的那辆绿皮小汽车模型，眼泪也会从眼眶里溢出来。

　　这件事持续了很长时间，都快要一个月了，我还是反反复复被一种疼痛控制着，我无数次地想象着，他们把李小松怎样了。班上的同学说，死了就什么都没有了，一切都消失了，就像烧饭的烟一样，呼一下被风吹散了。我不想让李小松就这么消失了，我也不想让他被风吹散，他可是我顶顶好的朋友。

　　到了六月底，期末考试，我考得一塌糊涂，四年来最差的一次。母亲有一回试图安慰我，她告诉我："李小松去了天堂。"没想到我的情绪突然失控了，我哭着打翻了手里端着的一碗木莲羹，大声冲母亲吼："李小松死了，根本没有天堂。死了，什么都没有了，什么都没有了，他被风吹散了。"

　　父亲和母亲起先不以为然，但一个多月过去，我的情绪时不时牵动着他们。他们重视起来了。

　　李小松爸爸妈妈得知了这件事，送来一个黄皮封面的笔记本，他妈妈抹着泪："小松生病时涂鸦的本子，留给你。"父亲说，小松妈妈是为了给我一个念想。

　　四年级那个暑假，父母都在诊所里忙。我常常一个人在小小的暗淡的出租屋里发呆，每天都会翻开胖花的笔记本看。那上面画着他去杭州看病的情形，画着他打针时的表情，也画着他看到的西湖，他吃了西湖醋鱼和东坡肉。也画满了他对未来的想象，未来的房子呀，车呀，三十五岁那年他成了一个美食家。其中有一页，全是歪歪扭扭的汉字，记录着生病后各种愿望："去看长城，登上天安门城楼，去日月潭游泳……乘飞机，坐火车，乘大轮船横渡太平洋……最好养一只大熊猫，冬天用来当枕头，我还没见过大熊猫。什么时候家里会有一台电视机？孙悟空的金箍棒真的有吗？如果能找到就好了……"这些都是胖花的大愿望，还有一些微小的愿望："集齐《水浒传》108将。买一个大变形金刚，要比自己人还要大。想吃紫雪糕，生病以后，爸爸妈妈再不让吃棒冰了。想念学校里的同学，什么时候跟海蛟一起骑着自行车去藤岭水库？"每次看到这里，我的心就会发酸，眼泪就不自觉地跑出来。

　　我也时常地会不自觉地走到胖花家去，那门前的石头缝里长满了青草，那扇蓝色的铁皮门总是关着，门缝里，那棵桂花树兀自立着。

中午或傍晚，父母回到家，一定是看到了一个魂不守舍的孩子。自从那回冲突后，母亲再不敢用"小松去了天堂"那样的话安慰我了。那个夏天，忧伤像持续不断的梅雨天气，侵袭着我。我无法接受，一个人死去，就彻底消失于人间。几乎好多个闷热的夏夜，我都在恶梦里醒来，我对死亡荡涤一切的冷酷感到了无力和颓丧。

八月的最后几天，离开学越来越近了。父亲做出一个重要决定：带我回故乡去。在他看来，儿子的失魂落魄，已仅仅靠时间无法治愈了，他的心结需要一个内在的开启。

这是一趟对我的童年至关重要的旅行。父亲带着我寻访了一些之前并不陌生但从未在意过的事物。首先去拜访一棵栗子树，栗子树就在祖父家老屋旁。孩提时，每年秋天，我都能吃到它奉献的栗子。枝干旁逸斜出，长条形的绿叶披挂下来，近前一看，枝叶间缀满了翠绿色的小刺球，待到秋天，刺球里的果实渐渐成熟，就会张开一个小口。父亲告诉我，这棵树是他的爷爷年青时栽下的。"小时候，我爸妈迫于生计，天天外出干活，我就是自己的爷爷奶奶带大的。爷爷是最疼我的人，比爸妈还要疼我。他离开那年，我正是一个少年，常常躲在深夜的被窝里哭。直到那年秋天收栗子，当我从树上一竿一竿打下栗子，突然想到，爷爷并没有走，至少这棵栗子树是爷爷留下的。这么想过后，也不知道为什么，心里的悲伤就像冰块遇到春天的阳光一般松动了。"父亲将我抱起来，让我坐到一枝粗壮的树干上，让我坐在栗子树斑驳的树荫里，继续给我讲他爷爷的故事，"后来，煮熟了栗子，香味四溢，我又想到了这也是爷爷留下的香味。每一棵栗子，都让我重新遇到自己的爷爷。儿子，你也感觉一下爸爸的爷爷。"我仰起头，目光朝茂密的树梢看去，透出青葱的枝叶，我看到一片瓦蓝的天。随后伸出手来，摩挲了一会儿栗子树的树干，树干是粗糙的，凹凸不平，爸爸的爷爷会这么粗糙吗？我不禁噗嗤一声笑了。但不管如何，那棵栗子树已不再是先前的栗子树了，在父亲的故事里，它变得那样不一般。

父亲又带我去看一块浣衣石，那块浣衣石也不陌生，多少年过去，都静静地停泊在祖父家门前不远处的溪边，村里女人们时常在它身上洗衣服，孩子们也时常跑来玩。那是一块通体泛着红色的大石头，身上仿佛融入了一片晚霞，纹理光滑细腻。父亲说："这是我奶奶年轻时就用来洗衣服的石头，多少年了，奶奶早不在了，但她用过的石头还在。以前，我想她的时候，会时不时跑到这块石头上来坐一坐，就能想起她半蹲在石头旁，刷衣服的样子。夏夜，我常常会躺在这块石头上仰望星星，总觉得奶奶也在天上望着我。"那天晚上，在祖父家吃完饭，父亲又带我来到那块晚霞红的浣衣石旁，此刻，它已是黛黑的一块了。父亲坐着，我斜躺在浣衣石上，漫天的星星像水洗过的钻石般晶亮，我在心里默默想着，是不是李小松也成了一颗星星，那颗胖胖的星星是他吗？晚风吹过来，带来了久违的山村的气息。

父亲说："你觉得李小松走了什么都没有了吗？你知道还留下些什么吗？"

"还有一些玩具，他把一辆绿皮汽车送给我了。"我能想到的好像就是这些。父亲将他的手放在我的脑袋上："还有呢？"

"对了，他有个本子，就是小松妈妈送给我的，上面写满了各种愿望。"

"这个本子很重要。"父亲说，"你知不知道他还拥有一样最最重要的东西？就是爱他的爸爸妈妈，还有爱他的朋友，比如儿子你！这些都是李小松留在世间的珍贵的东西。"在山村深黑的夜幕中，我仍瞥见了父亲眼里某种光芒正在闪动。父亲最后说："李小松并没有彻底消失了，你留下来了，李小松就能借你活着。你刚才说他的本子上写满愿望，这些愿望也只好由你帮他一一实现了。"这是父亲第一次和我谈论这么深奥的道理，但我似乎一句一句都听懂了。我突然明白，一个人在这世上活过，只要爱他的人还在，他的愿望就能继续实现。我从口袋里，摸出了小松送给我的绿色铁皮小汽车，面前现出了他笑着跟我说的话："我们以后要买辆大汽车。"

回程的大客车在盘山公路上行进，满山的绿意与山风扑进车厢。想到要替胖花去完成那么多事，顿时觉得身上充盈起一股生气。我要替胖花去看看长城，替他登上雪山之巅，替他赏深夜的昙花，替他品尝春天的新韭和秋日的瓜果。

那年秋天，我重新回到那个小学校里，胖花的课桌被悄悄撤去了，那张空椅子也不见了。但我相信胖花"活"了下来，第二年春天，他替我插在父亲小诊所前面的一截桑树枝再次绽放出新芽。我揣在棉袄里的蚕卵，也在早春幻化成一条条小黑虫爬了出来，那就像几年前胖花第一次送给我的小蚕，我想起他一次次带我去摘桑叶。现在，我自己也能将蚕养大了，或者说，其实是我想和他一起将蚕养大，当我将每一片桑叶喂给蚕时，我都会想起胖花。

而我的父亲，那个到新的地方三年后，就让十里八乡人尽皆知的医生。却在我读完五年级后的那个夏天，被一场车祸永远带走了。我的童年，在父亲离开的那一天戛然而止了，心里的悲伤像永不止息的风彻夜吹刮着。

可我还是没有被打垮，我深深记着父亲的话："死，并不意味着彻底消失。"

现在，我不仅要替李小松继续他的生命，也要替我亲爱的父亲继续他的生命。

我从没忘记父亲，也从没忘记李小松。后来，我将他们的故事写到了自己的书中，这下，他们就在书的纸页间扎下根来，可以自由生长了。他们也会像我一样，遇见无数充满关切和善良的目光。

他们曾经活过，不管多大的风吹来，都不会让他们消失。

▶ 徐海蛟，中国作家协会会员，浙江省作协散文委员会委员。作品见于《人民文学》《十月》《作家》《山花》《散文选刊》等。著有《山河都记得》《故人在纸一方》等书 14 部。曾获第四届人民文学新人奖、第三届三毛散文奖、浙江省五个一工程奖等奖项。

那些年，关于我们的名字

薛舒

  往事发生在 20 世纪 80 年代，那时我还是一个二年级的小学生。一个暑假的午后，街上忽然涌来一群人，他们抬着一块褐色门板，门板上躺着一具穿着碎花衬衣的躯体，他们从百货店、五金店、陶瓷店、杂货店门口呼啸而过。人群中不乏兴致勃勃的跟随者，也有一路奔跑着哭泣的人，其中有我的好朋友丁小丁。她矮于一般小学二年级学生的身量让她几乎被淹没，但我还是听见了她巨大的哭声，以及语焉不详的喊叫。我跟随着人群追去，一边追，一边喊：丁小丁……

  人们涌进卫生院，抬人的男人被轰出来，诊室的门关上了，所有人都挤在走廊里。我找到靠在墙角边的丁小丁，我终于可以和她说话了：你怎么了？

  她看了我一眼，没理我，已经闭上的嘴巴再次张开，哭声从她扁而阔的嘴里涌出，伴随着卫生院里浓烈的药水味儿，弥漫了整个急诊区。她哭得很用力，脸涨得通红，圆脸被揉皱，像一颗红色的核桃，这使她变得很难看。当然，她本来就不好看。不过，她被老师表扬过小巧玲珑，在我们学到这个词语的时候，老师指着她举例：丁小丁是一个小巧玲珑的同学。那时候，我带着些许羡慕与嫉妒，心里暗暗责怪母亲，为什么把我生得那般高大……可我还是和丁小丁成了朋友，因为，一次六一儿童节游园活动，她举荐了我参加。全班同学只能去一半，车坐不下。老师说，小朋友们举手推荐，你觉得谁可以去？丁小丁举手，我听见她提到了我的名字，理由是，薛许好。于是我也立即举起手，投桃报李地推荐了她，我的理由与她一样：因为丁小丁好。

那时候，我们上课发言不讲普通话，我的名字用浦东方言念来，就是"薛许"。我和丁小丁的默契就此达成，虽然，我们的理由听起来愚蠢而空洞，但我们都觉得，"好"这个字足以相互成就。我们都很好，尽管，我们俩谁都不知道我们到底好在哪里。

我们成了好朋友，而我们几乎没有共同点，我高大，她矮小；我白皙，她黝黑；我洋气，她土气；我是家里的老大，下面有一个弟弟，她是家里的老小，上面有一个姐姐……在我与她初交的阶段，我带着良好的自我感觉，默默地对照自己与丁小丁之间的区别，我惊异地发现，我们之间没有共同点。这让我怀疑，我们是不是适合成为好朋友。然后，有一天，丁小丁突然对我说：我不喜欢我的名字，这个名字听起来不像女孩的名字。

我终于找到了我们的共同点，我也不喜欢我的名字，并且，我们不喜欢自己名字的理由是一样的，因为我们的名字不像女孩的名字。丁小丁说：我喜欢我姐姐的名字，她叫丁丽霞，要是没有我姐姐，丁丽霞这个名字就是我的。她这么说的时候，有些怨恨她的姐姐，姐姐抢先出生，把原本属于丁小丁的名字夺走了。

我只有弟弟，没有姐姐，也没有妹妹，家里没有一个女孩和我抢名字，这让我暗下决心自力更生。我无数次翻阅《新华字典》，找出很多个描述漂亮、曼妙、飒爽、美好的女性的字眼，终于，找到了一个令自己满意的名字。于是我告诉丁小丁，我给自己起了一个名字，叫秀英。丁小丁表示了隆重的惊喜和赞同，她跳起来，高喊一声：太好了！她咧着嘴笑着的表情令我觉得真诚至极，是的，"薛秀英"比"薛许"像女孩多了，"丁丽霞"也远比"丁小丁"更适合做女孩的名字。从那以后，我和丁小丁之间又有了一个彼此欣赏的共同点，我愿意叫自己"薛秀英"，她愿意叫自己"丁丽霞"。我们的友谊变得更牢固了。

●

　　但是这一天，在卫生院的走廊里，丁小丁哭得很专注，从头至尾没有理我，似乎，我们的友谊在一场我还未曾了解真相的灾祸面前变得不可靠。我猜测，那具被一路抬到卫生院、此刻正关在诊室里被治疗的穿着碎花衬衣的躯体，与丁小丁密切相关。我问：是你妈妈吗？

　　她还是不理我，只盯着诊室的方向执着地哭泣。仿佛过了一个世纪，诊室的门终于开了，丁小丁突然往后退了一步，瘦小的身躯紧缩到我身后。一位男医生走出来，白大褂上缀着新鲜的黄褐色污渍：催吐不行，胃也洗过了，没办法……家属呢？送太平间吧。

　　几个成年人哭喊着冲进诊室，丁小丁却没有跟进去，她躲在我身后，连哭泣都忘了。她的退缩令我感到了真实的恐惧。不知道为什么，我忽然变得残忍和决绝，一把推开缩在我身后的丁小丁，拔腿往外跑去。我冲出急诊室走廊，冲出医院，哭声离我越来越远，卫生院的大门被我甩在身后，杂货店、陶瓷店、五金店、百货店从我身侧闪掠而过。与此同时，"太平间"这个词语在我脑中不断地翻飞，我无法想象那到底是一个什么样的存在，但我知道它与死亡密切相关。

　　第二天，消息传遍全镇，丁家大女儿丁丽霞喝农药死了，自杀。初中一年级少女用蹩脚的文字留下一封遗书，写在一张从练习本里撕下来的纸上："你们喜欢妹妹，要我来干吗？我切萝卜，切肉，做饭，洗衣服，我吃不到肉，我吃萝卜，我是错的，挨打的总是我……"她不是一个优等生，她的作文肯定很差，可她还是写出了对自己存在于人间的困惑。

我不知道丁小丁是否会愧疚，她的姐姐死了，死因牵涉父母分配给她的爱多于给姐姐的。可是姐姐霸占了那个好听的名字，而她，只能拥有一个不像女孩的潦草的名字。这么想的时候，我有些不知所措，不知道该同情丁丽霞，还是该理解丁小丁。

一个月后，暑假的末尾，我被母亲带到她的单位。离开学只剩下一个星期，我的暑假作业却还剩下一半没完成，她要全程监督我补作业。母亲是一家烟糖杂货批发部的会计，她的办公室与仓库只隔着一堵不封顶的墙。那一日，我在母亲噼里啪啦的算盘声中补了很久很久的暑假作业，我的鼻息里充满了香烟、肥皂、草纸、糖果的混合气味。我坐得腰酸背痛、饥肠辘辘，我低着头，假装思考，胡乱涂写……不知坐了多久，忽然听见有人喊我：薛许。我抬头，是丁小丁！

丁小丁穿着一件红花衬衣，显然是新的，没有一丝皱纹，却很不合身，衬衣太大了，袖口掩没了手掌，下摆长及膝盖。她穿着长褂般的红花衬衣，像一个成年妇女一样，用她脱颖而出的胯骨倚靠在母亲办公室的门框边，同时看着我，眼光殷切。

　　我几乎雀跃而起，却在眼角的余光里看见母亲紧皱的眉头，同时，脑中忽然闪过那段与"太平间"相关的不远的往事，恐惧再次笼罩。我惶惶地低下头，佯装继续补作业，没有理睬丁小丁。彼时，我很想对她说：你看你，怎么又忘了，你应该叫我薛秀英，而不是薛许，我俩说好的……我还想对她说：现在你可不可以叫丁丽霞了？那个和你抢名字的人，再也用不上这个名字了……

　　我什么都没说，我只是低着头补作业，任凭她落寞地靠在门框边。大约终于不再对我抱希望，五分钟后，丁小丁默默地走了，没有和我说再见。我抬起眼皮看门框外越来越小的背影，长褂般的红花衬衣在烈日下闪耀着新衣特有的光芒，隆重的、刻意的、土里土气的光芒。

　　这件红花衬衣，如果穿在丁丽霞身上，应该更合适，我想。

　　很多很多年过去了，有一次，我回我童年生活的小镇参加一位远房亲戚的婚礼，在男方的迎亲队伍里，我看见了丁小丁。是她先认出了我，她拨开人群，大步向我直冲而来：薛许……我注意到她宽壮的胯骨，这让我想起三十多年前那个暑假的尾声，她穿着一件长过膝盖的红花衬衣，她那初露端倪的女性胯骨靠在烟糖批发部的门框上，她殷切地看着我：薛许。

　　那天晚上，我收到了丁小丁发来的微信，是一张图片，下面跟着一行字：老同学，看看你小学二年级的样子。

　　我打开图片，是一张黑白照片，一高一矮两个女孩站在照片中央。高个子女孩穿格子衬衣，梳着两条马尾辫，辫子上扎着夸张的蝴蝶结，女孩笑着，眼睛眯成两条缝；旁边的矮个子女孩穿着碎花衬衣，短发、圆脸。照片上我们身后是一个大花坛以及假山，貌似在一所公园里……想起来了，就是那次儿童节游园，去的是人民公园。丁小丁举手推荐了我，她对老师说：因为薛许好！于是我也举起了手，我推荐了她，我说：因为丁小丁好！

　　我们成了好朋友，有照为证。那是丁小丁用手机翻拍的吧？藏了三十多年的旧照片已然泛黄，可是，我怎么不记得自己有这张照片？也许是曝光太强，两个孩子全是一副被烈日暴晒过的黑黝黝的健康样子，可是，我分明记得，我应该是白皙的那一个……忽然感觉有些魔幻，是往事经过时间的滤镜变了形？或者，变形的只是我的记忆？

　　有些问题，我永远不会再去问丁小丁，比如，她是否依然喜欢"丁丽霞"这个名字？而我，早已把"薛秀英"当成了一个远去的笑话。我喜欢我的名字，不太像女孩、不深刻、不沉重、不附庸风雅，平凡而又与众不同，用浦东方言念出来怪异而又莫名其妙，令童年的我充满嫌弃：薛许……

　　我保存了丁小丁发给我的旧照，给她回了一条微信：你真好！我们都很好。

　　丁小丁发来一个吐舌头做鬼脸的表情，她似乎不屑于我的煽情，而我确知，我是真诚的。

▶　薛舒，中国作家协会全国委员会委员、上海市作家协会副主席。著有小说集《成人记》、长篇小说《残镇》、长篇非虚构"生命两部曲"等。作品曾获人民文学奖、中国作家奖、上海文学奖等。部分小说被译为英文、法文、德文、波兰文、葡萄牙文发表或出版。

会来

吴丽华

"喂——你会不会来呀？"小伙伴们踮起脚尖，双手拢成喇叭状，向对面的身影喊道。

大声叫喊"会来——"的还是这群人，嘻嘻哈哈，拖着嗓音怪叫着。

会来扭转身体，并不恼，还傻愣着对大伙笑。大家越是叫得欢，他越是笑，脸都红了。

他也想加入他们的游戏，却只能发出"啊——啊——"的声音。他害羞地垂下了头。那双肥大的球鞋蹭倒一片又一片小草，他看着浓绿的汁液从草间流出，心里有一种莫名的兴奋和快感。他多想把心里的话也这么畅快地说出来呀。

不知过了多久，他猛然发现，聚在身上的那道金光不见了。会来的心里一阵慌乱，就像丢掉了一件心爱的衣裳。他四下瞧了瞧，树木、草地、牛背、小河，都脱掉了金衣裳，而那些小伙伴，早就骑上牛背远去了。

会来又笑起来，对着正专心啃草的牛傻傻地笑起来。他心里说，牛啊，我们可以回家喽！嘴上说不出来，但那意思就跟他手上的鞭子一样，明摆着。

然而牛不乐意。它使劲把头埋在草丛中，大口大口地啃着。会来只好将牛绳挽在手上，又背上了肩膀，像拉纤一样拽着牛鼻子走出草地。

村庄枕着一条小河，躺在碧树的怀抱中。炊烟袅袅，会来的目光随着炊烟向上升，鼻息间的烟火气慢慢变成饭菜香。

吃饭的时候，会来家传出尖利的叫喊声、怒狮般的嘶吼声，还有"啪啪啪"的捶打声……

七岁的他，那么茫然地蜷缩在屋外的一角，双手抱着膝盖，呆呆地看着地上的灰土。他甚至不知道自己为什么挨打。是牛没有吃饱，是不小心摔坏了一只花边碗，还是肚子太饿吃相不好看？或者，他们根本就嫌弃他，觉得他多余？

我走到他的面前，他一抬头望见我，那傻傻的笑容又回到脸上，还带着一道道的泥沟。亏他还笑得出来！难怪别人都说他是个傻子，不跟他玩呢。我有些难过。

就在那一年，我挂蚊帐的竹竿上多了一个绛红色的皮书包，是我父亲托人从汉口买回来的。我要上学了。每天早晚，我都要把它取下来，里里外外摸一遍。

有一天我取下书包，手居然摸到一道大口子。我吓了一跳，心像被蜜蜂蜇了似的生疼，眼泪吧嗒吧嗒地掉在书包上。窗外传来响动声，我飞奔出门，只看到会来笨拙的背影。

我怀疑就是他破坏了我的新书包，便想着怎么报复他。我不敢找他打架，因为他粗胳膊粗腿，看起来力气就很大。而且他的头发那么短，脑袋也溜圆——我看到很多男生打架都喜欢拿头顶对方，或者揪住女孩的长辫子不放手。那样，瘦小的我可是要吃亏的。

终于，在一个寂静的下午，我来到他们家后院。我发现，墙砖松动，还掉了几块。我试着爬进去，看到了结着颗颗青果的梨树。一时间，我恨恨地想，我要摘掉这些果子，让他们吃不到甜爽的香梨。

梨树高大，我只能够到低矮枝丫上的几颗。就在我脱掉鞋准备上树时，一声狗吠，后门噼里啪啦地响起来。我想都没想，趿上布鞋拔腿就往院墙边跑。及至墙脚，我回头一看，惊呆了。

一只半人高的大狼狗，一边狂叫，一边上蹿下跳，眼看就要扑上来了。一道铁链紧紧地拴在它的脖子上，另一头挽在会来的手腕上。我看到他死死地贴在地上，手腕处渗出鲜血，手仿佛都要断掉了！

我慌忙翻身上墙，一只鞋被狼狗一口咬住。地上，三三两两的青果子一路散开，不知道是什么时候从我包里蹦出来的。我身体瘫软，刚着地，那只鞋就"啪"的一声落在身边。我倚着墙根向上望，只看到一片惨白的云朵。

这件事之后，我再也不想理他了，连看都不想看他一眼。再听到他挨打的声音，我也不觉得伤心难过。哪怕他救了我，我也不感激他。我知道，他就抱着他刚出生的小弟弟站在不远处朝我这边看，我装作不知道，埋头写作业，或者大声读书。

一学期后，有人说在学校里见过会来。他那胖乎乎的皮球脸，傻里傻气的憨笑，还有那双紧贴窗子的黑"熊爪"，无不让人生厌。

再后来，一件奇怪的事情发生了。在上下学的路上，总有一个疯子抢学生的铅笔和本子。有人认出，那个人就是会来。

许多人去他家告状。他的家人在一个隐蔽的角落里找到一个装满纸笔的小盒子，铅笔都秃了，本子也被涂得乱七八糟。

我听到了鞭子的抽打声。一股冷风穿堂而过，让我不由得打了个哆嗦。我好像又看到了他拽住铁链时憋得乌紫的脸，挤得只剩一条缝的眼睛，还有那双眼里曾生出的光芒。我忽然间明白了，他也想读书写字！

我拿上纸笔，递给缩在墙角的他。他竟然又傻乎乎地咧开嘴冲我笑，好像刚刚被打的人根本不是他，但我分明看到他裸露皮肤上新旧交错的伤痕。

记得那是个星期五，我蹦蹦跳跳地回家去，手上还捏着一把收集来的短铅笔，打算送给会来。刚到家，奶奶就告诉我，会来家出事了，他两岁的弟弟掉进河里淹死了。他妈哭晕了好几次，醒来一个劲儿要往河里跳。

"那，会来呢？"我一心惦记着他。"这孩子，不知道跑哪儿去了。一天到晚只想着在外面乱飘，把他们家好不容易盼来的命根子都丢了哟！"奶奶的话像石头一样砸到我心上。

那些天我总是梦见会来，梦中的他不再对着我笑了。

有人在草垛中发现会来时，他已经完全傻了，面无血色，目光呆滞。他看到我，就像看到空气，我心里生出一股巨大的悲哀。

最后一次见到他，是他生命里最美丽的时刻。

我看到他安静地躺在竹排上，身上穿着一件粉红色的细纱裙。洁白的袜子、朱红缎面的方口鞋包裹着他的脚。他的头发梳得整整齐齐，头顶揪起一个小辫子，还扎了一个漂亮的蝴蝶结。

我看到一个婶子给他描过眉毛，又画嘴巴。会来，为什么会是这般模样？

此时，我才知道：会来，本就是一个女孩子。

会来有三个姐姐，她妈妈怀她时，算命的告诉她，这一胎准是男孩儿。失落的家人从此寄予更大的希望，给她取名"会来"。

是的，该来的一切都会来！

多年以后，我站在金色的夕阳下，踮起脚尖，双手拢成喇叭状对着天空喊："喂——你会不会来呀？"

"会来！"清脆的回答，像一条青鱼跃出水面，画出一道美丽的弧线，像极了她短暂的一生。

▶ 吴丽华，湖北省仙桃市人。作品发表于《读者》《散文》《中国女性》《博爱》等。

好想江南

刘小念

一

2001年，高中开学季，我因为家里没有凑齐学费，所以，晚一周才去学校报到。结果，我刚进教室，窘迫地跟班主任打完招呼，就听见一个爽朗的声音传来："这里，这里，咱们是同桌。"

循着声音望去，只见教室最后一排，一个活泼漂亮的女孩在向我招手。

她就是我的同桌：江南。

江南是土生土长的南京人，爸爸是一所中学的校长，妈妈是英语老师。我是在认识她之后，才知道原来有人可以把外语讲得像母语一样自然流利。她的书包里装满了全国各地的试卷，以及我见都没有见过的各种零食。

而我，除了书本，父母根本无力再支付其他费用。能够考入这所重点高中，除了自身努力，更因为身为农民的父母足够坚持。

见我初来乍到，连教材都没有，江南自然地把书本放在课桌中间。她还写了一张纸条：这七天落下的功课，可以随时问我。

下课时，我们互相问了名字，然后，她开始带我熟悉校园。到了中午，本来走读的她没有回家，而是陪我去食堂吃了饭，又带我去宿舍，帮我铺床。

看到我简陋的行李，她只是说她也很想住宿舍，想过集体生活，可是爸妈不允许，说天天被爸妈看管，好烦啊。

这样的江南，在别人眼中，活泼开朗、大大咧咧，但只有我知道，她是多么细心。我到校的第三天午休时，江南又带我去了宿舍。然后，她把寄存在宿管阿姨那里的东西扛了出来。好家伙，羊毛毡床垫、羊毛被、崭新的床单被罩。她说，听高二的学姐讲，冬天宿舍的暖气很差，铺盖得厚一些，才不会冷。她还说，床单、被罩跟她的是同款。

铺完后，她像鱼一样跃到床上，对我说："快躺下来试试，特别舒服。"

看着这样贴心的她，我有点儿想哭。

二

高一开学后的第一次月考，我从入学时的班级第八名掉到倒数第四名。成绩公布那天，我万念俱灰。要知道，从小到大，我的成绩都没有跌出过全校前十名。而为了供我读书，爸妈省吃俭用，恨不得一天二十四小时都在劳动，我怎么对得起他们的付出？辍学的念头，就这样产生了。

我把自己比赛时得到的一支钢笔送给江南，说："送给你，留作纪念吧。"

得知我想辍学，江南特别吃惊："别任性，连我爸都说，你能从你们村考到市重点高中已经很了不起了，一次小小的月考算啥，别灰心，肯定会好的，你现在回去，就是当了逃兵，一辈子都会遗憾的，而且你爸妈的辛苦不就白费了吗？"

那一次，因为江南的劝说与鼓励，我放弃了辍学。

而她对我的关心和帮助，并不只是停留在口头鼓励的层面。英语是我的短板，尤其是听力。为此，江南把她的随身听和英语磁带都拿给了我。与此同时，她还把父母给她买的那些课外书全部分享给我。

那些不会的题，我们俩埋头一起钻研。实在不会，她就拉着我一起去请教老师。就连老师都说："黄华，有这么无私的朋友，你要好好珍惜啊。"

没有人知道，这样的话，于我而言，是一份说不清、道不明的滋味。贫穷让我缺乏自信，那时的我，觉得自己根本不配拥有友谊。

有时，我也会问自己：江南为什么会对我这么好？我该拿什么回报她？

直到有一次我们坐在操场边的杨树下聊天。

那天的天特别蓝，是我在老家田间常见的那种让我觉得枯燥艰辛又看不到尽头的蓝。

于是，我主动跟江南讲起乡下的生活。每天放学后，我都要割猪草。有一次，我放学晚了，喂猪时差点儿被狂躁的黑猪咬断手指。当时血流如注，我却不敢声张，因为如果爸妈知道了，他们一定会责备我比猪还笨。包括初二那年，月经初潮，我不敢跟爸妈要钱买卫生巾。于是，每个月来例假时，我只能跟老师请病假，并对爸妈谎称，想帮他们多做些农活……好在我成绩很好，所以每次老师都会准假。

但有一个女同学，当着许多人的面揭穿了这个秘密："大家知道吗？黄华每个月有几天不来上学，是因为她买不起卫生巾。"

我曾经以为，这些贫困带来的窘事，永远无法对别人启齿。但那天，我就那样把它们晾晒出来，与江南共享。

那是我人生中第一次信赖别人。而江南呢，在听完我的倾诉后，眼眶红红的。我从未见过她那么难过的样子。

我们的友情，也因为我敞开心扉而变得更加牢固。

高二那年有一次，江南下楼梯时不小心崴了脚。当时她就疼哭了。我也哭了，不知道从哪里来的力气，背起她就往医务室跑。那段时间，我每天接送江南。我为自己终于有机会为她做点儿什么而感到开心，甚至自豪。

我觉得，同江南对我的好相比，我为她做的微不足道。

那年高考，作为学校最有望考上清华大学的学生，我发挥失常，但最终还是进了北京另一所 985 院校。

江南则考入北京第二外国语学院。我的录取通知书寄到了学校，是江南送到我家的。那是她第一次来我家。

彼时，我正在田里锄草。看到我，她兴奋地摇晃着录取通知书，远远地喊着："黄华，上大学了，我们还可以在一起。"

而我，片刻的兴奋之后却是担忧：我担忧自己满脸泥水、汗水的样子，会让她笑话；更担忧马上就到午饭的时间了，拿什么来招待她；还有我家那破败而摇摇欲坠的老房子，会不会吓到她。

知道有城里同学来看我，爸妈破天荒地去买了肉，把本来攒着要卖的鸡蛋也拿出来几颗。那顿饭，江南吃得特别香。她夸赞我妈的手艺，夸村里空气好、风景好，然后又对我爸妈说，我是多么优秀多么努力。直到她离开，爸妈一直在念叨："这个女娃像个百灵鸟一样，真好。"

三

开学之际，我和江南一起奔赴遥远的首都。大学四年，我们几乎每个月都会见面，大多数时候是她来找我。毕业后，我们俩都留在北京，合租了一间房子。

我先是在一家央企工作，两年后跳槽至一家民企做销售，后来被现在的公司挖过来当了销售总监。

而江南则在一家公司做同声传译，时常国内外飞。我们俩虽然同在一个屋檐下，可是在一起的时间还没有上学时多。

2010 年秋天，江南要结婚了。出嫁前一夜，江南突然回到出租房，说今晚是她最后一个单身之夜，必须和我聊通宵。

那一夜，我心中一万个舍不得她，我明明很想告诉她一定要幸福，想说，这些年，谢谢她的陪伴。但话到嘴边，却是特别理智清醒的一句："明天你就要做新娘了，熬出黑眼圈就不漂亮了，赶紧去睡觉。"

江南掐着我的胳膊，撒娇地问："黄华，你要不要总是这么沉着冷静？我就不信咱俩十年的姐妹情，你就没有那么一点点舍不得我？"

而我呢，连拉带拽地把她送回房间。然后，一个人流泪到天明。我讨厌眼泪，羞于表达感情，我在姐妹感情最该升华的时候，选择了逃避。

再见时，江南已经身为人母。那个粉嘟嘟的小生命，吸引着她全部的目光。看着他们一家三口其乐融融的样子，我"玻璃心"地认为：自己本就是她生命里的外人。

不管是她少女时的优越，还是如今的家庭美满，我都忍不住地拿自己与她对比，然后相形见绌。所以，更多时候，是我放任我们之间渐行渐远。

2013年春天，我谈恋爱了，在我终于有能力让爸妈过上衣食无忧的生活之后。

这个后来成为我老公的男人，叫许晓天。和他在一起后，他时常在我用力过猛时，温柔地提醒我："慢慢来，别那么焦虑。"他理解我的居安思危，也懂得我的欲言又止。

2015年11月16日，我也成了母亲。在听到女儿的第一声啼哭时，我泪流满面。对人生，我第一次有了夫复何求的不焦虑、不匮乏感。我突然觉得，特别感谢生活，特别想对我生命里那些最重要的人说声"谢谢"。

我脑海里第一个出现的人，是江南。那天，被推出产房时，看到许晓天、公婆还有爸妈的那一张张笑脸，我突然张口来了一句："我好想江南。"江南闻讯，穿越大半个北京城飞奔至医院。看到她的一刹那，我的眼泪奔涌而出，紧紧拉住她的手，说："江南，对不起，我很想你。"

那晚，是我和江南相识十四年来，第一次真正的促膝长谈。我告诉她自己高中时，对她阴晴不定，其实是自卑。我还坦白，我羡慕崇拜她所有不经意的小俏皮、举手投足间的轻松自在，那羡慕，让我既悲凉又绝望。

"能够成为你的朋友，我一直受宠若惊，也一直纠结拧巴，口是心非，直到女儿呱呱坠地，我突然疯狂地想你，想借着这个机会，对你说，江南，感谢有你，感谢你为我做的一切。"

如此简单的一句话，我用了十四年，才说出口。

四

也直到那天，我才知道，从见我的第一眼开始，江南就认定了我这个朋友。

她说："那天你在进教室之前，在外面徘徊了很久，我早就从教室后门看到你了。

"等你坐在座位上时，我发现了你手上的冻疮，我当时特别心疼，也特别震撼，可我不敢开口询问，怕让你难堪。

"黄华，你知道吗？那些年，我本可以对你更好，但我不敢，我怕一不小心伤害到你的自尊，让你把好不容易向我敞开的那点自己，又封闭起来。

"能活成今天这个样子，我知道你经历了什么。"

那个闺密之夜，我们流了太多眼泪，也再次感受到太多的温暖和感动。

五

如今，我和江南终于成为真正的闺密。我每次遇到开心的或不开心的事情，一定第一时间打电话给她。无论白天还是深夜，她一定会在第一时间出现，陪我哭、陪我笑、陪我闹。

人至中年，我们活成了彼此的底气和靠山。

2021 年，是我和江南相识二十周年。

这不仅关乎友谊，更关乎一个女孩的成长。女孩应该怎样养育才更好？我在江南身上得到了答案：追求善良，尽力坦荡，永远正直。这样的女孩，不仅自带光芒，而且可以照耀到她身边的人。

这场友谊于我而言，不仅是一段难忘而温暖的岁月，更是一种漫长而无声的滋养。

▶ 刘小念，著有作品《二胎时代》《煮妇炼爱记》《呼吸》《创业情侣》等。

丫头，你好呀

艾莉

　　大叔说，女儿小名叫小米。女儿去世之后，他搜索了所有叫小米的用户，申请好友，第一句话就是："丫头，你好呀！"发了这么多条信息出去，只有小米回答了他。

一

　　"嘀嘀"，微信里传来了申请加好友的声音，小米想都没想就拒绝了。这个人不死心，固执地继续加，小米没有再搭理他。

　　小米是个已婚妇女，一没姿色二没才华三没好心情，每天单位、家庭、菜市场三点一线，早已丧失了对生活的热情。

　　这天，因为一件小事，小米和老公吵了起来，对婚姻无比失望的小米第一次离家出走。在这个滴水成冰的天气里，枯黄的路灯下，小米的影子拉得好长好长，极其孤单。

在滨江公园，走累了的小米坐在冰冷长凳上发呆。

"嘀嘀"，黑夜中，微信里又传来申请加好友的声音。

小米想都没想，就把对方通过了。

"丫头，你好呀！"对方发过来的第一句话让小米瞬间泪奔。

"你好，请问你是谁，怎么称呼？"小米发过去疑问的话。

"我是谁并不重要，你可以称呼我为大叔，也可以称呼我为老陈。"小米看着回复猜想对方年龄应该五六十岁了吧，因为他就是多次申请加她好友的那个人。在这个"速食年代"，能一次次申请好友被拒绝了，竟然还有耐心再加的，除了上了年龄的就是暗恋者。小米确定没有后者，因此就只有前者。

"丫头，这么晚了还没睡，你在干什么呢？"对方又发过来一句话后，附加了一个微笑的表情。

小米把自己的委屈一股脑儿说了："我刚刚和老公吵架了。感冒了几天扛不住，叫老公去拿药，他竟然回答说：'你自己没腿呀，不会自己去拿吗？'我一生气就跟他吵了起来。"

对方很快发过来一段话："你年龄有多大了？如果你老公不去拿药你就不准备吃了吗？你结婚多久了，有孩子吗？除了父母，没有人在意你的身体，听话，赶紧去拿药吃，如果不方便，你说你家住在哪里？我帮你送过去。"

小米愣了，对于一个素不相识的人，他竟然说帮我送药过来？她赶紧回了一句："不用麻烦了，谢谢。"

过了十分钟，对方又发了一大堆文字过来，问小米吃了药吗，要她保重身体，不要为了别人的错误惩罚自己，身体是最重要的，没有了身体，一切都没有了。

小米简单回了个"嗯"字，然后脑海里浮现出父亲的脸庞。这一刻，小米泪流满面。她站了起来，拍拍衣服，回家了。

老公正在哄号啕大哭的儿子，儿子看到小米回来，扑到她怀里紧紧抱着她，嘴里说妈妈你去哪里了，我还以为你不要我了呢。小米亲着儿子说不会啊，我只是去云姨那里坐了一会儿，睡觉吧。

儿子安然睡下，小米去柜子里拿药，倒水，咽下，然后脱衣服上床睡觉，丝毫没有在意身边老公小心翼翼的表情。

二

第二天早上，一开机，好几条信息涌了进来："丫头，身体好些了吗？记得每天按时吃药，如果胃口不好，熬些小米粥喝，肉粥也可以，放些青菜，会好看一些。""丫头，买些萝卜炖排骨吃吧，多喝水也行。""丫头，与老公和好了吗？夫妻之间要互相包容，不要计较。"小米回过去："谢谢大叔，昨天晚上吃药后出了身汗，今天舒服多了。"

对方信息又发了过来，要小米以后要多锻炼身体，没事的时候去跑步、跳绳、打球、散步都可以。小米发了个吐舌头的顽皮表情。

过了不久，因为没有完成领导安排的工作，小米被训了一顿，还说要扣奖金。小米又气又急，差点儿哭了。大叔正好发信息过来："丫头，你好吗？"

小米回了一句"不好"，外加个哭泣表情，然后诉说了领导交代的事情。大叔便告诉小米应该怎么入手怎么做，第一步第二步第三步。说也奇怪，这个在小米眼里看起来很难的问题，在大叔的分析和指导中，一下子就解决了。

小米不仅得到了领导的表扬，奖金不扣了，还可能被提拔。小米很开心，通过微信给大叔发红包。大叔说举手之劳的小事情，如果小米真感谢他，就不要把他拉黑，不要嫌他啰唆，继续跟他联系就行了。

小米对着手机吐了吐舌头，这个大叔还真的蛮啰唆的，每天早中晚都要发几条信息过来，不管小米回不回，他都会坚持。

同事约小米去省城看房子选学校，劝小米把儿子送到省城上学。小米心动了，但小米妈妈和小米老公都反对。小米为了这件事，已经和家人吵了半个月。

大叔知道后，让小米征求孩子的意见，看孩子怎么说，孩子的想法最重要，他要想去你便送，他倘若不想去你逼他也没什么意义。

儿子说不想转学，他喜欢每个任课老师，喜欢班上同学，再说了，去省城读书就一定能考上好学校吗？在家里努力也可以考上好学校的。一语惊醒梦中人，小米便断了送孩子择校的念头。

还有一次，小米和妈妈吵了起来，小米老公在中间调解也没用。火越烧越大，最后，小米妈妈把自己关在屋里生闷气，几天不理小米。

小米绞尽脑汁，又是买礼物，又是赔笑脸，可还是无效，实在没辙，小米想了想，就给大叔发信息，问他怎么办。

大叔立即在微信里写了一大段文字过来，告诉小米跟妈妈要怎么说，还要怎么做。怕小米不明白，大叔还用了语音，"噼里啪啦"说了一大通，教小米要用什么样的态度，什么样的语调，最后，总算把小米和妈妈的结给解开了。

小米开心地在微信上给大叔发红包。小米说如果你不领，我以后就不理你了，遇到什么困难也不告诉你。看到这句话，大叔赶紧第一时间把红包领了，回了句"谢谢老板"，小米"嘻嘻"在这边笑，大叔"嘿嘿"在那边笑。

三

小米经常和大叔交往聊天。联系得多了，便知道大叔是一个可怜之人，大叔姓陈，在女儿十岁的时候，妻子得了癌症，去世了。大叔没有再婚，独自把孩子拉扯大。女儿也争气，考上国内一流大学，读了研究生，找了个志同道合的男朋友，和爸爸商量双双回来陪爸爸过年，然后商议结婚的事情。

谁知道，半路上发生了车祸，女儿和准女婿都永远离开了他。大叔说，看到女儿最后一面时，他真想跟着去了，和九泉之下的女儿爱妻一起团聚。可是却走不成，家里还有八十多岁的老父亲老母亲，如果他走了，这个家就完了。

大叔说，女儿小名叫小米。女儿去世之后，他搜索了所有叫小米的用户，申请好友，第一句话就是："丫头，你好呀！"发了这么多条信息出去，只有小米回答了他。因此，他就把小米当成了自己的女儿。

现在，小米经常带着老公和儿子去陈大叔家做客。哦，现在不叫大叔了，得叫爸爸了，因为大叔和小米妈妈年龄相仿，经历相似，两位老人也聊得来，便走到一起了。每个周末，小米一大家人都会相聚在一起包饺子，吃汤圆。

小米从此再也没有和老公吵过架了，因为大叔说人走散了就再也找不回来了。

▶ 艾莉，湖南永州人。中国少数民族作家学会会员，湖南省作家协会会员，毛泽东文学院第17期学员，江华作协副主席。作品见于《博爱》《都市小说》《故事大王》《故事会》《为了孩子》等。曾获全国初中生征文奖、湖南省潇湘新苗奖等。

念着你的转身

高明昌

　　我十二岁时，就学会了烧饭、割猪草等活儿。放学后，第一件事情就是与小伙伴割猪草去。

　　有一日，我在河边找寻猪爱吃的草。河口南面是齐腰高的棉花田，十来个妇女在给棉花摘头，她们的长相、年龄和母亲差不多。河口北面，一棵又一棵的眼镜草碧绿生青，新鲜稚嫩，它们缠绕着芦苇向上竖着草尖儿。我倾出身子，伸出镰刀将芦苇钩进来，腾出左手抓草时，芦苇却弹回了原处，试了几次，都是这个样子，我怕滑入河里，只好不抓草了。

　　这时，一根长长的扁担将一排芦苇拢到我眼前，一声犹如母亲的声音对我说，孩子，现在可以抓了。原来是，像母亲一样的女人将自己的扁担托出来，硬是将芦苇推到了我眼前。我用双手狠命剥掉苇上的草，从苇尖到苇根。一会儿，草就装满了花袋。我站起、抬眼，可那位像母亲一样的女人已经转身，已经回到棉花田，已经融入了干活儿的队伍，我已经分不清哪位是刚才替我揽草到眼前的"母亲"。看看她们，看久了，我觉得每一位都是，每一位又都不是。

后来，我偷着去过那河岸，看见棉花一朵朵，但没有看见一个人。

我在钱桥中学读书时，母亲每日早晨给我的钱是两角。这钱的用法是算好的，来回车钱四分，一根棒冰四分，一碗馄饨一角。钱很少，钱金贵，钱够用，为了省钱省时间，中午我愿意去街上吃一碗馄饨。街上只有一家馄饨店，吃馄饨的人一茬又一茬，需要排队等候。半个小时后，轮到我了，店家捧出一大碗馄饨，端上我桌面，笑着说，慢慢吃。我嗯一声后，从桌上抓起一双筷子，用筷子夹馄饨吃。

后来馄饨软了，夹不起了，想要找汤匙。这时，一只小小的汤匙轻轻地放在我碗沿口。给我汤匙的是一位小女孩。我先是惊奇，惊奇后看了她一眼，看到的是两只一荡一起的羊角辫。她已经转身，我所看到的是那个矮矮的、窄窄的背影。

吃完馄饨，回到学校，心里还燥热着，开始想象小女孩的长相，那女孩一定是镇上的，镇上的女孩有没有腮红？

瞎想了好多天，盼望了好几天。后来的日子，我依旧天天去吃馄饨。心里想，只要馄饨一直吃下去，就会再次见到小女孩。一个学期过去了，我心中的女孩一直没有露面。其时，我开始相信，有些人的转身看上去是当下一时的离别，其实是今生一世的永别。

你的转身是永别，我的转身呢？

每年夏天，我们家前面的大海，总会有无数的蚬子出现。靠海的村村户户，老老小小，都要踏海里去捉蚬子，换些许铜钿。那蚬子像是懂得村里人拮据似的，哗哗的潮声过后，滩涂上留下了一堆又一堆的蚬子。我们都用蛇皮袋去装蚬子，装了一袋又一袋。

来往的人群里，有一个满脸黄泥的男人向我走过来，他看着我装了小半袋蚬子的蛇皮袋说，孩子，能不能借用蛇皮袋？我说行，但我没有给他手里的蛇皮袋，我一个转身，回到我家放蚬子的地方，拿了一只空蛇皮袋去给那个男人。当我赶回那里时，却发现要袋的人不见了。我瞪大眼睛，从东到西，又从西到东，一边跑一边喊。只看见，所有的男人都是一身的汗水，一身的泥浆，一身的咸水气味，那个人长什么模样？在哪里？无法知道了。

那日回去，我心神不定，为了一点蚬子，自己的一个转身，丢失了一个做好事的机会。我期望来年再见到他，可是每一年抓蚬子时，人山人海里，忙忙碌碌里，再也没有人对我说，孩子，能不能借一只蛇皮袋？

许多人的转身，就是人生的转身。小学、中学、大学的同学，都在转身后变成了老人，一如朝阳，一转身就是晚霞；一如白天，一转身就是黑夜。时间、事件给予的转身，很多又很少，轻盈又沉重。有些转身不再是期盼与等待，而是错失与罪过。我在光明中学做语文老师时，有一次上初三语文课，内容是课外文言文，是讲评课，基本上是一个人说，几十个人听。一节课下来口干舌燥，走出教室想休息，一位女生拦住了我，说有几个问题想请教老师。我脱口而出，你能不能让老师去办公室喝口茶？说完转身就跑。当我意识到自己的无礼与骄横时，赶紧回去找了那女生，找到了，自我检讨后问有什么问题。女生答，老师，我没有问题了。

多年后，她考取了我读书的大学。学生来信了，说老师那天的话语，那天的转身，让自己产生了人生怀疑，怀疑自己是不是读书的料，怀疑老师是不是老师。幸亏老师后来的问询，让我依然坚定着自己学习的意志和习惯，坚守着对人生、对老师的信仰。啊，一个轻巧的转身，可以与动力、毅力、当下、未来、命运甚至人生信仰挂起钩来，真的不可随随便便地转身。后来，每当有学生问我，我都视若珍宝，用心、专心地听完学生的阐述，并给予一二三条意见，等到学生说懂了、点头了才走开。我生怕，自己一不留神，再度出现损人不利己的转身。

　　转身一定很容易，转身或许也很不容易。

▶　高明昌，上海市作家协会会员，奉贤区作协主席，中学语文高级教师。出版散文集五部。二十余篇散文入选全国中、高考语文模拟试卷。

这世间种种不告而去，即是别离。